KB188845

훈민정음 탑 모형도 ^{시안}

저자 활동의 이모저모

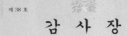

제 38 호

감 사 장

(사) 훈민정음기념사업회
이사장 박 재 성

귀하께서는 평소 육군에 대한 각별한
관심과 애정으로 아낌없는 성원을 보내
주셨으며, 특히 훈민정음 창제정신을
통한 범국민 자긍심 고취 및 장병 특별
강연을 통한 군 사기 및 복지 증진에
기여하였으므로 육군 전 장병의 마음을
담아 감사장을 드립니다.

2024년 1월 11일

육군참모총장
대장 박 안

소설로 만나는 세종실록 속

훈민정음

소설로 만나는 세종실록 속
훈민정음

2021년　3월 3일 초판 1쇄 발행
2021년 10월 9일 초판 2쇄 발행
2024년　2월 5일 개정판 1쇄 발행

저　　　자 | 박재성
디 자 인 | 김미혜, 박수정
제호글씨 | 박재성
발 행 인 | 배수현
펴 낸 곳 | 가나북스 www.gnbooks.co.kr
출판등록 | 제393-2009-000012호
　　　　　　경기도 파주시 율곡로 1406
문　　　의 | (031)959-8833
팩　　　스 | (031)959-8834

ISBN : 979-11-6446-095-3(03810)

소설로 만나는 세종실록 속

훈민정음

박재성 저

가나북스

훈민정음이 박물관의 유리 상자 속에나 진열된 유물쯤으로 생각하는 현실을 늘 안타까워했었다. 어떻게 하면 세종대왕이 창제한 《훈민정음》을 오늘날에도 살아 숨 쉬게 할 수 있을까 고민하다가 소설이라는 형식을 빌려 써보기로 마음먹었다. 작년에 출판한 《세종어제훈민정음총록》을 집필하면서 세종의 훈민정음 창제에 얽힌 사실들이 예상 밖으로 많이 잘못 알려져 있다는 것을 알게 되었다.

아울러 훈민정음 관련 정보 중에 훈민정음 창제에 참여한 집현전 학사들에 대한 조명이 정치적 측면만 부각되어 있어서 훈민정음 창제 과정의 노고에 대한 업적이 축소되거나 왜곡되어 있다는 생각도 하게 되었다.

예를 들면 훈민정음 창제 과정에서 지대한 공헌을 했던 신숙주가 그랬다. 만약 신숙주의 박학다식함과 8개 국어에 능통한 실력에 더해 성실함과 헌신적인 노력이 없었다면 훈민정음 창제가 순탄했을까에 대해 의문이 들 정도이다. 그런데도 신숙주는 성종 이후 사림파가 정계에 진출하면서 세종의 유언을 저버린 배신자, 동료들을 배신한 변절자로 지목되어 훈민정음 창제와 관련된 공이 가려지고 있다는 점이다.

사육신과 생육신이라는 용어는 중종 이후 사림파가 만들었을 뿐만 아니라, 이후 민족적 절개를 고취해야 할 필요가 절실했던 일제강점기에 쓰인 김택영의 《한사경》에서는 세조 즉위 전후 생사를 오가는 권력투쟁의 와중에서 신숙주가 미모에 끌려 단종비 송 씨를 노비로 들이겠다고 청했다는 허구적이면서도 다소 선정적인 이야기 소재로 등장시킨 것도 한몫했을 것이고, 한때 지조와 의리가 강조되던 시대에 쓰인 이광수의 《단종애사》나 박종화의 《금삼의 피》 등의 작품이 신숙주에 대한 부정적인 평가를 확산시키는 데 일조하지 않았는지 생각해 본다.

그래서 세종과 함께 훈민정음 창제 과정에서 노고를 아

끼지 않았던 집현전 여덟 명의 학사를 중심으로 펼쳐지는 이야기를 세종실록에 근거하여 객관적인 시각에서 바라보고자 노력하였다. 누구나 쉽게 읽을 수 있는 글을 써보아야겠다고 마음먹었지만 아쉬움이 남는다.

그러나 세종대왕이 훈민정음 28자로 세상의 어떤 소리도 적을 수 있는 완벽한 소리글자를 창제하셨다는 점을 알리기 위해 최선을 다했다고 스스로 위안을 해본다. 정확한 뿌리를 알아야 세상에서 가장 우수한 문자인 훈민정음을 보유한 진정한 문자 강국이 될 수 있다고 확신하면서…….

훈민정음 창제 580(2024)년

저자 **박재성**

목차

一.
성군 세종

즉위 4년 되던 1422년 세종은 선왕 태종을 모신 헌릉
을 참배했다. 설움이 다시 복받쳐 올랐다. 그는 환궁하자
마자 대소신료들을 어전으로 불렀다.

"경들은 들으시오."

"예, 전하!"

"이제 부왕께서는 과인의 곁에도 아니 계시고 경들의 곁
에도 아니 계십니다."

"전하, 망극하옵니다."

"과인이 나이 어리고 용렬하나, 부왕께서 다져 놓으신
이 나라 조선왕조의 반석 위에 문화의 꽃을 피우고자 하
니 경들은 성심을 다하여 과인을 보필해 주기 바라오."

"명심하겠사옵니다, 전하."

"이 나라 조선은 백성들을 으뜸으로 하는 나라가 되어야 할 터인즉, 경들은 모든 시정을 민본에 두고 나라를 영위해 나가길 바라오."

명실상부한 새로운 시대였다. 창업의 주역들이랄 수 있는 일 세대가 지나고 이 세대가 영위하는 조선이 된 것이다.

즉, 조선이 건국된 후 조선에서 태어나 조선인 신분으로 조선의 제4대 왕위에 오르는 임금.

세종世宗은 1397년(태조 6)에 태종과 원경왕후 사이의 셋째아들로 태어났으며, 이름은 도祹, 자는 원정元正이고, 충녕대군에 봉해졌다. 위로는 14년간 세자의 자리에 있다가 폐위된 양녕대군과 세종의 세자 책봉 후 불가에 귀의한 효령대군이 있으며, 아래로 성령대군이 있다. 세종은 1418년(태종 18) 6월에 양녕대군을 대신해 세자에 책봉되었으며, 두 달 뒤 태종의 선위로 왕위에 올랐다.

세종은 어린 시절부터 책 읽기를 너무 좋아해서 부왕인 태종이 건강을 염려해 책 읽기를 금할 정도였다. 남달리 학문에 조예가 깊었던 세종은 자신의 넓고 깊은 학식을 국가 경영에 직접 도입해 눈부신 성과를 거두었다. 세종의 시대에 조선은 부국강병을 이루어 안팎으로 안정된 정국 속에서 훈민정음 창제, 예치 주의의 실천, 천문학 및 농업의 발달 등 가장 눈부신 발전을 이룩했다.

태종의 셋째아들로 태어났던 세종이 군주가 될 수 있었던 것은 전적으로 태종의 의도에 의한 것이었다. 만약 태종이 양녕을 폐위시키지 않았다면 세종에게는 왕위에 오를 기회조차 없었을 것이다. 게다가 태종은 세종이 세자의 자리에 오르자마자 왕위를 물려주고 상왕으로 물러남으로써 세종이 빠르게 군주로서의 위엄을 갖출 수 있도록 물심양면으로 지원하고 가르쳤다.

세종은 세자에 책봉되기 전인 1408년(태종 8)에 심온의 딸과 혼인했는데 훗날 세종의 정비 소헌 왕후가 된다. 소헌왕후는 아버지 심온이 태종에 대한 불충의 죄로 죽임을 당하는 불운을 겪었다. 일각에서는 죄인의 딸이 왕비의 자리에 있을 수 없다며 폐비를 주장했지만, 태종은 이를 허락하지 않았고 세종도 부왕의 뜻대로 장인인 심온을 복권시키지 않았지만, 정비인 소헌왕후만은 몹시 아꼈다. 세종과 소헌왕후는 8남 2녀의 자녀를 두었는데, 첫째 아들이 문종, 둘째 아들이 훗날 세조가 되는 수양대군이고, 셋째아들이 안평대군이다. 세종은 이 밖에 5명의 후궁을 더

두어, 이들과의 사이에서 10남 2녀를 낳았다. 이처럼 많은 자녀를 둔 것은 부왕인 태종의 뜻이기도 했다.

　세종이 왕이 되면서 조정에는 새로운 기운이 감돌았다. 세종은 학문에 열중하면서 새로운 문화정치를 펴고 있었다. 마음의 평온을 찾은 세종은 주자소와 집현전[1]을 오르내리며 그가 실현하고자 하는 문치의 시대를 열기 위해 기초를 다지는 일에 전념했다. 활자를 다시 장만하게 하고 고금의 전적을 자유로이 출판하게 한 다음, 집현전으로 하여금 지금 이 나라에 당장 필요한 전적을 저술케 하려는 계획이었다.

　'인재를, 인재를 내려 주시 오소서.'

　세종은 자신이 구상하고 있는 문치의 시대를 당겨서 이루기 위해 인재의 양성을 절실하게 염원하고 있었다. 바른 정사를 보기 위한 경륜 높은 중신들은 많이 있었다. 그러나 물불을 가리지 않고 맡은 바 임무에 충실할 수 있는 젊은 인재들은 아직 모자라는 형편이었다. 그렇다고 많은 인

---

1 集賢殿 설치 동기가 학자의 양성과 문풍의 진작에 있었고, 세종도 그와 같은 원칙으로 육성했기에 학구적인 특성을 띠고 있었다. 그러므로 세종대에는 일단 집현전 학사에 임명되면 다른 관직으로 옮기지 않고 그 안에서 차례로 승진해 직제학 또는 부제학에까지 이르렀고, 그 뒤에 육조나 승정원 등으로 진출하는 것이 보통이었다.

재가 등용될 때까지 기다리고 있을 수만은 없었다.

세종은 집현전으로 나갔다. 집현전 부제학 신장, 좌헌납 정분[2], 정인지 등이 주자소에서 나온 전적典籍의 교열에 열중하고 있었다.

"집현전은 더 확장되어야 하고, 여기서 이 나라의 학문과 새 문물의 진작이 이루어져야 합니다. 앞으로는 집현전을 거친 유능한 인재들이 정사를 이끌어가야 할 것이라고 과인은 믿고 있어요."

이렇게 말하는 것만으로도 긍지를 심어줌이었다. 적어도 집현전에 몸담고 있다는 것은 최상의 성은을 입고 있음을 주지시켜 두고자 함이었다. 이와 같은 세종의 신념은 날이 갈수록 더해 갔고, 집현전에 소속된 학사들이나 관원들도 광영된 긍지를 갖게 되는 것은 말할 나위가 없었다.

"새 문물이 일어나야 합니다. 이 나라 조선이 창업된 지 서른두 해째 되가고 있지만, 아직도 전조인 고려의 잔재가 곳곳에 남아 있다는 생각이 들어요. 물론 풍습과 관행까지를 개선하자는 것은 아니지만, 적어도 새롭게 건국한 조선에 합당한 도덕과 윤리의 기반은 새로 세워야 하며, 그것을

---

2 鄭苯 조선 초기 세종·문종·단종 때의 문신이며 문종의 고명대신이다. 자는 자유(子 �匊), 호는 애일당(愛日堂), 시호는 충장(忠莊), 본관은 진주(晉州)이다.

입증할 만한 학문을 이루어야 할 것입니다. 학문의 뒷받침이 없는 도덕은 공염불이 되기가 쉬워요. 또 조정과 백성들이 따로 있을 수는 없어요. 조정과 백성들이 하나가 되기 위해서는 조정과 백성들을 연결하는 다리가 있어야 합니다. 집현전의 모든 업적은 곧 그 다리가 되어야 한다고 과인은 생각하고 있어요. 경들은 이 점을 명심해야 할 것입니다."

정인지는 세종의 눈빛에서 형언할 수 없는 예지와 뜨거운 열정을 보았다.

'종사를 위해 목숨을 바친들 무슨 아까움이 있으리.'

정인지는 마음속으로 끓어오르는 결연한 의지를 느끼면서 깊은 생각으로 빠져들었다. 세종은 새 왕조의 네 번째 주상이다. 태조, 정종, 태종으로 이어진 3대는 새 왕조 창업에 관여한 왕들임에 비해, 세종은 새 왕조가 창업된 다음에 태어난 분이다. 바로 여기에 세종 시대의 의미가 있다. 어느 모로 보아도 새 시대가 분명한 것이었다. 정인지는 자신의 지난 날을 뒤돌아 본다. 태조 5년(1396)에 태어났으니까 세종보다 한 살 위인 28세이다. 그리고 태종 14년(1414)에 문과에 장원했을 때 태종은 정인지에게 말했었다.

'내 너의 이름은 들었으나 단지 얼굴을 몰랐을 뿐이니라.'

그로부터 수년이 흐른 다음, 태종은 세종에게 정인지를 천거하면서 또다시 말했었다.

'나라를 다스리는 데는 옳은 사람을 얻는 것이 첫째이니 그를 중용하도록 하라.'

정인지는 그 후 예조와 이조의 정랑을 거쳐 지금은 집현전 응교의 자리에 있게 되었다.

"이봐요, 학역재"

세종은 웃음 가득한 용안으로 정인지의 호를 불렀다.

"예, 전하."

"뭘 그렇게 골똘히 생각하고 있는 게요?"

"아직은 미천한 신이 집현전에 몸담고 있음을 심히 부끄러워하고 있음이옵니다."

"허허허 …… 겸허도 지나치면 흉이 된다고 하질 않았습니까? 후일 경이 집현전을 이끌어가게 될 것이에요."

세종은 정인지의 학문과 인품을 알고 있었다.

정인지鄭麟趾는 석성 현감 정흥인鄭興仁의 아들로 서울에서 태어났다. 본관은 하동河東이고 자는 백저伯雎, 호는 학역재學易齋이다. 학역재라는 호는 그가 평생 역학易學에 정진한 데서 비롯되었다. 그는 다섯 살 때 이미 책을 읽을 줄알았고 눈으로 한 번 본 글자는 잊지를 않았으며, 16세에 생원시에 올랐을 때 이미 그의 이름은 천하를 떠들썩하게 하지를 않았던가!

그러나 정인지는 학문적으로 큰 업적을 거두었으면서도 이후의 행적 때문에 세인들에게 평가절하되었던 인물 중 한 사람이다. 태종에서 성종에 이르기까지 무려 일곱 명의 임금을 섬긴 그는 조선 초기 대표적인 학자의 한 사람으로 특히 천문을 비롯하여 역법과 아악 등에 뛰어난 학자로 인정을 받았다.

정인지는 세종 대 중반 경복궁과 왕릉에 관련된 풍수 논쟁을 승리로 이끌었고, 후반기에는 안지, 최항 등과 함께 《용비어천가》를 지어 조선왕조의 정통성과 새 나라 건국의 당위성을 뒷받침했다. 또 집현전 대제학으로서 성삼문, 신숙주 등과 함께 《훈민정음》 창제에 일익을 담당했다. 이와 같은 활약상에도 불구하고 그는 어린 단종의 보위를 부탁한 세종의 유명을 외면하고 수양대군의 편에 서서 왕위 찬탈에 가담한 전력 때문에 세조 말기에 조정에 나온 사림파로부터 경원시 당했다.

예종 때는 신숙주, 한명회 등과 함께 원상으로서 국정을 이끌었는데, 그가 관장했던 남이·강순의 옥사가 유자광과 한명회의 모략이었다는 떠도는 소문이 굳어지면서 사림으로부터 세태에 부화뇌동附和雷同한 인물로 평가절하되었다. 성종 대에는 임금이 그를 국가의 원로이자 존경받는 학자로서 중국 한나라의 전례에 따라 왕사로 추대하려 하였지만 사헌부 관리들이 정인지의 부정한 재산 증식을 빌미로 적극적으로 반대하여 논란이 일기도 했다.

"허허허, 부제학 ……"
세종은 부제학 신장에게 당부했다.
"학역재를 돌보아 주세요."
"당치않으신 분부 시옵니다. 이미 익을 대로 익어 있는 것이 학역재의 학문이옵니다. 지금 중용해 쓰신다 한들 무슨 부족함이 있으리이까."
신장은 정인지를 극찬했다.

신장申檣은 본관이 고령高靈이고 자는 제부濟夫이며 호는 암헌巖軒이다. 아버지는 고려 공조 참의 신포시申包翅이며, 남에게 맞서기를 싫어하는 온화한 성품으로 사장詞章에 능하고 초서와 예서를 잘 썼다. 숭례문의 현판 글씨 중 하나는 그의 글씨체라고 전한다. 1402년(태종 2) 식년문과에 동진사로 급제하여 상서녹사가 되었다. 다음 예조정랑

겸 춘추관 기사 관을 거쳐, 춘추관 동지사로서 『정종실록』의 편찬에 참여하였다. 뒤에 중군도총부총제·세자우부빈객을 거쳐 공조좌참판에 이르렀다. 성품이 술을 좋아하므로, 그의 재주를 아까워하던 태종이 술을 삼가도록 친히 명하였으나 이후에도 술을 끊지 못할 정도로 좋아하여 아들들의 이름을 지을 때 아예 술을 뜻하는 의미의 '주[舟=酒]'자를 붙여서 다섯 아들의 이름을 신맹주申孟舟·신중주申仲舟·신숙주申叔舟·신송주申松舟·신말주申末舟로 지었다고 전해진다. 이렇듯 술을 좋아하였지만 당시 유학에 통달한 권위 있는 학자로 추앙을 받아 대제학을 오래동안 맡다가 뒤에 영의정에 추증되었다.

세종은 신장의 정인지에 대한 칭찬에 수긍하지 않았다.
"학문이 비록 나무랄 데가 없다 해도, 경륜을 어찌 학문과 함께 있음이라 하겠어요. 학역재가 과인보다 한 살 위라고 알고 있으나, 경륜을 쌓아 올리는 일을 게을리해서는 아니 될 것으로 알아요."
"명심하겠사옵니다, 전하."
정인지는 깊숙이 허리를 굽히면서 얼굴을 붉혔다. 세종이 자신에게 거는 기대에 보답하리라는 다짐이기도 했다.

대부분의 인재를 살펴보면 젊어서는 전혀 알려지지 않고 있다가 나이가 든 다음에야 인품이 드러나는 대기만성大器晩成형이 있는가 하면, 정인지와 같이 후일 크게 될 인물이 처음부터 두각을 나타내는 경우의 사람으로 구별이 된다.

"더 많은 인재가 모여지면 새로이 해야 할 일들이 있을 것이나, 그런 때가 오기 전에 집현전은 이미 자리가 잡혀 있어야 합니다. 경들은 힘을 다해《당감》을 쓰시도록 하세요."

《당감唐鑑》은 송나라의 범조우[3]가 당나라 역사를 추려서 찬한 것을 말한다. 이것만으로도 세종의 학문이 이미 집현전의 학사들보다 한 수 위에 있을 정도로 그의 학문은 타고난 것이라고 짐작할 수 있다.
세종이 세자시절 가죽끈으로 책을 매고 그 끈이 닳고 닳아서 끊어질 때까지 읽었다는 것은 이미 잘 알려진 사실이며, 세종 자신도 이런 말을 한 적이 있을 정도이다.
'한 번 읽은 구절은 잊은 일이 없어요.'

---

3 范祖禹(1041~1098년) 사마광 밑에서 '자치통감' 편수를 도울 만큼 역사에 정통했고 그가 쓴《당감》은 역사비평 서로 당나라 고조부터 소종에 이르기까지 당나라 역사를 날카롭게 해부했다. 이 책에서 그는 간신과 충신의 차이를 명쾌하게 제시했다.

바로 이 점이 학문적인 면에서의 세종이다. 게다가 스스로 가야금을 연주하며 작곡에 몰두했다면 그의 다재다능多才多能은 알 만한 일이 아니겠는가! 여기에 태종과 모후母后를 향한 지극한 효성이 있었고, 폐세자 된 비운의 형님 양녕대군에 대한 따뜻한 우애까지 있고 보면 세종의 성품이 어떠했는가는 능히 짐작하고도 남음이 있는 일이다.

어느새 절기는 성큼 모내기 철이 다가와 있었다. 그러나 올해도 날씨는 논바닥이 거북이 등처럼 갈라질 정도로 심하게 가물었다. 세종이 보위에 오른 이래 가물지 않은 봄이 없었다. 이른바 칠년대한七年大旱. 한 해의 가뭄을 넘기면 어김없이 찾아드는 것은 높고 험한 보릿고개였다.

'내년에는 …… 내년에는 ……'

기도하고 염원하면서 넘기는 한 해였지만 가뭄의 악순환이 벌써 다섯 번째 되풀이되고 있었다. 사람의 힘으로는 어찌할 수 없는 하늘의 조화였기에 세종은 속수무책束手無策으로 전해에 했던 일을 또다시 되풀이할 수밖에 없었다.

'소격전[4]과 사직단[5]에 나아가 기우제를 올리도록 하시오.'

'방백수령[6]들에게 명하여 도살을 금지케 하시오!'

'산선[7]을 없애도록 하시오!'

'저자를 옮기시오!'

이런 일이 어찌 비를 내리게 하는 방법이 되겠는가! 그러나 이렇게라도 되풀이할 수밖에 없었다. 사람이 해야 할 소임을 다한 다음 하늘의 은혜를 기다려야 한다는 세종의 겸허함이었다.

세종의 염원은 가뭄의 극복에만 있는 것이 아니었다. 농사법의 개량에도 힘을 기울였다.

"농사가 제대로 되지 않는 것이 꼭 가뭄에만 기인하는 것은 아니라고 생각됩니다. 영농의 방법을 개선하는 일도 급선무의 하나라고 봅니다. 이를테면 무작정 봄에 씨를 뿌리기 보다는 같은 봄이라도 어느 때가 더 좋겠다는 생각으

---

4 昭格殿 조선 초기, 하늘과 땅, 별에 지내는 도교의 제사를 맡아보던 관청.
5 社稷壇 종묘(宗廟)와 함께 나라의 신과 곡식을 맡은 신에게 제사 지내는 제단. 사직은 토지를 관장하는 사신(社神)과 곡식을 주관하는 직신(稷神)을 가리킨다.
6 方伯守令 의정부 정승, 육조의 판서 등 중앙정부가 중심이 되어 왕명으로 각 도 지방 장관에 제수한 이를 통칭하여 방백이라 하고, 그 방백 예하에서 부목(府牧) 군현(郡縣) 등 크고 작은 고을들을 맡아 목민하는 동반외관직을 수령이라 하여 그 둘을 합쳐 흔히 방백수령 혹은 '수령방백'이라 하였다.
7 傘扇 예전에, 임금이 거둥할 때 앞에 세우는, 우산 모양으로 생긴 의장을 이르던 말.

로 고쳐야 한다는 것입니다. 또, 경상도와 충청도가 씨를 뿌리는 시기가 다른 것처럼 산간이나 평지가 다르지 않겠습니까? 이와 같은 것을 소상히 적은 책을 만들어서 백성들이 읽게 해야 할 것으로 압니다."

"전하께서 어리석은 백성들을 소중히 하시려는 어의는 감읍할 일이오나, 설사 그와 같은 책을 편찬하여 인출한다고 한들 농사에 임하는 백성들이 글을 읽을 수가 없는데 무슨 소용이 있으오리이까?"

"그렇지가 않아요. 백성들이 글을 읽을 수 없다 하여 서책을 편찬하지 않는대서야 말이 되질 않아요. 농사는 천하의 대본이라고 합니다만, 농사야말로 백성들의 생업이 아닙니까? 백성들의 생업을 돕는 일이 곧 나라를 부강하게 하는 길입니다. 백성들이 읽지를 못한다면 관원들이 대신 읽어주어서라도 영농의 방법은 개선해야 합니다. 집현전 부제학 들으세요."

"예, 전하!"

집현전 부제학 신장이 지체없이 대답했다.

"지방으로 나가는 경차관[8]에게 일러 오랜 세월을 농사

---

8 敬差官 조선 때, 지방에 임시로 보내던 벼슬로, 주로 전곡(田穀)의 손실을 조사하고 민정을 살핌.

에 임해 온 사람들로부터, 그들이 경험한 바를 구술케 하고 그것을 소상히 받아써 오게 하세요. 그중에서 합당한 것을 모아서 책으로 편찬하도록 하세요."

"명심하겠사옵니다, 전하."

"우리나라에 농사에 관한 책이 전혀 없는 것은 아니나, 모든 책들이 중국의 것이질 않습니까. 중국은 우리나라와 기후가 다르고 지질地質이 다릅니다. 그 때문에 이 나라의 농사에 중국의 농사법을 적용하기는 어려운 것입니다. 우리나라의 농사는 우리나라에 합당한 방법으로 이루어져야 합니다. 그러기 위해서 경험이 많은 사람들의 방법을 소중히 다뤄야 합니다."

《농상집요》[9], 《사시찬요》[10]와 같은 농사에 필요한 전적을 서둘러 간행하여 각도로 하여금 영농의 방법을 개선하게

9 農桑輯要 중국의 책이기는 하지만 우리나라 농서에 가장 많은 영향을 준 책으로, 1273년 원 세조의 명을 받아 사농사에서 펴냈다. 농사의 기원, 농사에 힘쓴 교훈, 농학의 기초적인 내용, 농정의 지침, 작물에 대한 풍토와 파종방법·뽕나무 기르는 법, 양잠법, 과일·채소·약초 및 각종 수목의 재배법, 가축 기르는 법 등을 풀이하고, 세용 잡사를 덧붙이고 있다.

10 四時纂要 중국 당나라 시기의 시인이었던 한악(韓鄂)이 996년에 펴낸 농서이다. 그간 잃어버린 동아시아 농서의 원형을 많이 담고 있는 책으로, 발견 당시 세계적으로 큰 화제가 되었다. 비록 농정에 관한 내용보다는 미신적인 내용이 전체 내용 중 대부분을 차지하고 있어서 당시 동아시아의 민속사(民俗史)를 이해하는 데 중요하다.

한 것은 그 때문이었다.

전적을 애써 간행해도 정작 읽어야 할 백성들에게 소용되지 않음이 세종을 안타깝게 했다. 이미 천여 년 동안 한자를 써왔고, 또 그것으로 일상의 일까지 기록하고 있는 것이 사실이나 백성들이 쉽사리 깨우치지 못하고 있다면 백성들이 쉽게 익힐 수 있는 다른 문자가 있기 전에는 해결책이 없는 노릇이었다.

'쉬운 문자라 ……'

막연하지만 이런 생각이 세종의 뇌리를 스쳐 갔다. 지금으로서는 영감일 뿐이었다.

"약초를 재배하는 일도 생각해 보셔야 합니다. 지방마다 전래하여 오는 민간약이 있을 것입니다. 그것들을 모아서 책으로 편찬한다면 그 또한 백성들에게는 삶의 지혜가 될 것으로 압니다."

세종은 사대부만을 위해 전적을 간행하고자 하지는 않았다. 모든 것을 백성들과 연관해서 생각하는 것이었다.

임금이 사람을 쓰는 것은 목수가 나무를 쓰는 일과 비교되기도 한다. 크고 작은 것, 길고 짧은 것, 아름답고 미운 재목을 잘 살펴서 그 쓰임을 적절히 하면 버릴 것이 없다는 것이 목수의 양식이다. 그러므로 임금은 군자를 가까이하고 소인을 멀리해야 한다. 이와 같은 정치의 운용을 세종은 알고 있었다.

세종이 사람을 바로 살펴서 그 쓰임을 적절히 하는 것은 타고난 성품인지도 모른다. 스물두 살 된 나이로 두 달 남짓 세자의 자리에 있다가 임금의 자리에 올랐으면서도 성군의 자질을 보이는 것이 그것을 입증하고 있음이었다.

정인지를 학문의 우두머리로 삼으려는 생각, 김종서[11]로 하여금 국토의 개척과 국경의 정비에 쓰려는 생각, 관노의 신분이었던 장영실[12]을 상의원 별좌에 제수하여 천문기기를 만들려는 생각 등, 예사 임금으로서는 상상하기 어려운 일들을 삼십 안쪽에 구상한다는 것이 세종의 성군 됨을 가히 짐작할 수 있는 것이다.

이와 같은 세종의 성군 됨은 백성들에게도 알려진 편이었다. 더러는 중신들의 가족들로부터 알려지기도 했지

11 金宗瑞 조선 전기의 문신, 군인, 정치가이다. 1433년 6진을 설치하여 두만강을 경계로 조선의 국경선을 확장하였다. 1435년 함길도 병마도절제사를 겸직하면서 확장된 영토에 조선인을 정착시켰고 북방의 경계와 수비를 7년 동안 맡았다. 1453년 수양대군에 의하여 두 아들과 함께 집에서 살해되어 계유정난의 첫 희생자가 되었다.
12 蔣英實 동래의 관노(관아에 딸린 종) 출신이다. 혼의성상도감에서 3년을 노력한 끝에 물시계와 천문기구의 골격을 만들어냈다. 세종은 이를 보고 감탄해 마지않았다. "기특하다. 훌륭한 장영실이 중한 보배를 성취했으니 공이 으뜸이로다"라고 말하며 장영실의 종신분을 벗기고 첨지 벼슬을 내려주었다.

만, 다른 시대보다 유난히 많이 나가 있는 경차관들의 백
성들과의 접촉에서 세종의 인품이 드러나는 것이 대부분
이었다.

二.
문자 창제의 필요성을 절감하다

세종 10년 9월 27일 진주사람 김화金禾라는 자가 제 아비를 죽였으니, 형법에 따라 능지처참을 윤허해달라는 장계가 형조에 올라왔다.

이 소식을 접한 세종은 백성의 극악한 살부 사건을 자신의 잘못인 양 탄식하고 반성한다.

'계집이 남편을 죽이고, 종이 주인을 죽이는 것은 혹 있는 일이지만, 이제 아비를 죽이는 자가 있으니 이는 반드시 내가 덕이 없는 까닭이다.'

이 사건으로 세종은 크게 충격을 받고 근본적 재발 방지책에 몰두한다. 원인을 캐보던 세종은 백성의 도덕 교육이 부실한 데서 발생한 범죄라는 결론을 내렸다. 그래서 6

년 뒤 백성들의 도덕을 함양하게 하려고 충신, 효자, 열부 이야기를 모아 《삼강행실》이라는 책을 편찬 간행하도록 직제학 설순[13]에게 명했다.

그러나 대부분의 일반 백성들이 소위 진서眞書라는 한문을 몰라 익히고 배울 수가 없었다. 이를 답답하게 생각하고 있는 세종에게 어느 날 뇌리를 스치는 생각이 떠올랐다.

'한자를 모르는 백성도 알아보게 그림을 그려 넣도록 하자.'

그렇게 해서 당대 제일의 화가로 유명한 〈몽유도원도〉를 그린 안견[14] 등을 시켜 '삼강행실'에 그림을 곁들이게 하여 《삼강행실도》[15]로 다시 간행하게 하였다.

그러나 이 책 또한 완전하지 못했다.

---

13 偰循 조선의 학자이다. 고려 때 귀화한 위구르(Uighur) 출신 설손(偰遜)의 손자로 설장수(偰長壽)의 아들이다.

14 安堅 본관은 지곡(池谷). 자는 가도(可度), 호는 현동자(玄洞子) 또는 주경(朱耕). 세종 연간에 가장 왕성하게 활동하고 문종과 단종을 거쳐 세조 때까지도 화원으로 활약하였다. 신숙주의 『보한재집』에 의하면 그는 본성이 총민하고 정박하였다고 한다. 안평대군을 가까이 섬기면서 안평대군이 소장하고 있던 고화 들을 섭렵함으로써 자신의 화풍을 이룩하는 토대로 삼았다.

15 三綱行實圖 세종의 명에 따라 조선과 중국의 서적에서 군신, 부자, 부부 등 삼강의 모범이 될 만한 충신, 효자, 열녀를 각각 35명씩 모두 105명을 뽑아 그 행적을 그림과 글로 칭송한 책이다. 각 사실에 그림을 붙이고 한문으로 설명한 다음 칠언절구 2수의 영가에 사언일구의 찬을 붙였다.

'백성들이 쉽게 배워 편하게 쓸 수 있는 글이 없을까?'

새로운 글자의 필요성에 대해 골몰한 세종은 마침내 마음속에 감춰두었던 소원을 이루어야겠다고 생각한다.

바로 문자 창제였다.

오래전부터 새 문자를 창제해야 한다는 생각을 하고 있었던 세종은 문자 창제라는 소원을 현실화하기 위해 노심초사勞心焦思하면서 몰두해 왔던 음운音韻에 관한 연구는 이미 상당히 진척되어 있었다.

과학적인 영농을 하게 하려고 《농사직설》[16]과 같은 전적을 간행했으나, 그것이 모두 한자로 쓰인 책이어서 백성들에게 읽히지 않고 있다는 사실을 듣고서 세종은 안타까이 여기고 있었다. 여기에 더하여 백성들이 글을 몰랐던 탓으로 송사訟事나 옥사獄事가 공평치 못하다는 사실이 더욱 세종의 마음을 아프게 하고 있었던 것이었다.

세종은 이미 오래전에 상궁尙宮들을 불러 그녀들의 뜻하는 바를 글로 적어보게 한 바가 있었다. 한문으로 쓴 것

---

16 農事直說 1429년에 정초·변효문 등이 세종의 명을 받아 각도 관찰사들에게 경험이 많은 농부들로부터 농업 기술을 듣게 하고, 이를 모아서 저술·간행한 책.

은 뜻이 통하지 않았고, 이두[17]로 적은 것도 뜻이 이어지지
않았었다.

'큰일이로다.'

이때 세종은 참담한 충격을 받았었다. 백성들은 고위
관리들과 면담할 기회가 없었다. 그래서 글로써 호소해야
하는데 정작 글을 쓸 줄 모르고 있었으니 상하의 의사가
바르게 소통될 까닭이 없었다.

'소리 나는 대로 적을 수 있는 글자가 있어야 한다. 또 그
것은 누구나 쉽게 익혀서 쓸 수 있는 글자이어야 한다.'

이런 생각까지 이른 세종은 새 문자 창제가 새로운 불씨
라며 들고 일어날 반대 상소를 미리 짐작하고는 중신들 몰
래 외로운 연구를 시작했다. 먼저 다른 나라의 언어와 문
자에 관한 전적을 섭렵해 갔다. 몽고어蒙古語, 일본어日本
語, 여진어女眞語에 관한 것을 세밀히 살폈다. 그러나 그것
들도 소리 나는 대로는 적기가 어려운 글이며, 문자들이었
다. 또 그 나라 사람들의 환경과 풍습이 우리나라와 달라
서 크게 참고될 바가 못 되었다.

---

17 吏讀 신라 초기부터 발달하기 시작했다고 추측되는 이두는 넓은 의미로는 한자차용
표기법 전체를 가리켜 향찰, 구결 및 삼국시대의 고유명사 표기 등을 총칭하는 말로
쓰이나, 좁은 의미로는 한자를 국어의 문장 구성법에 따라 고치고 이에 토를 붙인
것만을 가리키며 향찰·구결 등과는 다른 의미로 사용된다.

'소리 나는 대로 적는다.'

세종의 어의는 더욱 굳어져 갔다. 그러면서도 그것을 공개할 수 없는 것이 안타까웠다. 대소신료들이 한자만이 최상의 문자라고 믿고 있던 시절이기 때문이었다.

세종은 틈나는 대로 깊은 사색에 잠겼다. 그리하여 한가지 결론에 도달한 것이 글자의 모양보다도 목과 입을 통해 나오는 말의 원리를 밝혀내야 한다는 것이었다. 그 원리만 밝혀지면 글자의 자형을 만들어내는 것은 그다지 어려운 일이 아닐 것 같았다.

그러나 말의 원리를 밝히는 것은 쉬운 일이 아니었다. 말 하나하나의 발음과 목청의 울림, 혀의 움직임, 입술 모양, 이와 소리와의 관계 등등을 알아내는 것이 그렇게 단순한 일은 아니었기 때문이었다.

三.
문자 창제를 도울 인재를 발굴하다

'음운에 밝은 인재가 필요하다!'

세종은 자신을 도와 문자 창제에 심혈을 기울일 인재의 필요성을 절감했다. 눈앞에 정인지와 최항이 떠올랐다. 그들이라면 누구보다도 앞장서서 음운 연구를 하려들 것 같았다. 그러나 그들 두 사람만으로는 어림도 없었다. 다시 박팽년, 이개를 떠올렸다. 그리고 혼자 고개를 끄덕였다.

'우선 이 네 사람에게 음운을 연구토록 하게 하자.'

이렇게 해서 세종은 새 문자 창제의 작업에 들어갔다.

그해 4월에 식년시[18]가 치러졌다. 세종은 이 과거에 많은 관심을 기울였다. 문자 창제의 대업에 끌어들일 인재를 발탁하기 위해서였다.

여기서 세종은 뜻밖의 젊은 인재들을 찾아냈다. 장원으로 급제한 하위지를 비롯하여 성삼문, 신숙주, 이선로 등의 젊은 인재가 세종의 눈에 띈 것이다. 세종의 기쁨은 이루 말할 수 없이 컸다. 특히 성삼문, 신숙주의 학문은 세종의 기대를 만족시키기에 충분했다.

세종은 이들을 집현전 학사로 발탁하였다. 이때까지만 해도 생원시나 진사시에 급제했다 하더라도 관직에 들어갈 수가 없었다. 그런데도 세종은 그러한 관례를 과감하게 혁파하고 이들 네 명의 신진 학사들을 관직에 등용한 것이다. 장안의 화제가 아니 될 수 없었다.

세종은 하위지를 비롯한 네 명을 집현전 학사에 임명한 후 편전으로 불러 문자 창제의 뜻을 밝혔다.

"내가 보위에 오른 이래 학문이 깊은 중신들과 젊은 학사들의 도움을 얻어, 《농사직설》을 비롯하여 《향약집성

---

18 式年試 조선 시대에 3년마다 시행된 과거시험. 자(子)-묘(卯)-오(午)-유(酉)가 드는 해를 식년으로 하여 3년에 한 번씩 정기적으로 시험을 치렀는데 그 해 1~5월에 시행하는 것이 상례였다. 식년시는 조선 시대에 보았던 과거시험의 정식 시험이라고 할 수 있다.

방》이나 《삼강행실도》와 같은 전적典籍을 간행하여 백성
들을 바로 깨우치고자 했는데, 과연 백성 중 몇 사람이나
그 책을 읽어보고 깨우쳤는지 그 점이 몹시 안타깝도다."

"아뢰옵기 황공하오나 사대부와 관원들이 고루 읽어주
고 있는 것으로 아옵니다."

장원급제자 하위지가 세종이 말하려 하는 의도를 제대
로 파악하지 못한 채 입을 열었다.

하위지河緯地는 본관이 진주晉州이고 자字는 천장天章 또
는 중장仲章이며 호는 단계丹溪, 적촌赤村, 연풍延風이다. 과
거에 급제하여 벼슬은 예조판서에 이르렀다. 최만리, 정창
손 등과 함께 훈민정음 창제에 반대하였다. 그는 품성이
강직해 대사간의 직분으로 권세에 굴하지 않고 직언을 서
슴지 않았다. 한때, 대신들의 실정을 적극적으로 공격하다
가 왕과 대신들로부터 반격을 받았으나 승지 정이한과 정
창손 등의 비호로 무사하기도 하였다. 문종이 승하하자
벼슬을 그만두고 낙향하였다. 단종이 숙부 수양대군의 측
근들에 의해 강압을 받아 양위하자, 성승, 유응부, 성삼
문, 김질 등과 함께 세조 삼부자를 타살하고 단종 복위를
거사했다가 회유 또는 실패를 예상한 성균관 사례 김질의

밀고로 발각되어 처형당했다. 세조는 그의 재능을 아까워하여 친히 국문하면서도 여러 번 그에게 회유를 권고하였으나 모두 사양하였다. 시호는 충렬忠烈이며, 사육신 중 박팽년 가와 함께 후손이 전한다.

세종은 하위지의 대답을 듣고, 그러한 말이 나올 줄 알았다는 듯 너털웃음을 터뜨리며 조용히 말을 이었다.

"허허허…… 내 그렇게 생각할 줄 알았노라. 하지만 그대들도 생각을 해보아라. 농사는 백성들이 짓는 것이지, 사대부나 관원들이 짓는 게 아니지 않으냐?"

이렇게 말하고 세종은 연상 위에 쌓여 있는 여러 책을 들어 보이며,

"이 책들을 보아라. 이것이 신라 시대부터 쓰여 온 이두로 된 기록이고, 이것은 인도 사람들이 쓰는 범자[19]로 된 책이고, 또 이것은 몽고문자로 된 책이다. 그리고 이 책은 서하문자를 적은 책이다."

"……?"

"여기서 보다시피 모든 나라는 각자 제 나라의 문자를

---

19 梵字 산스크리트어를 표기한 인도의 옛 글자.

가지고 있다. 그 가운데는 우리만 못한 나라들도 제 나라 문자를 만들어 쓰고 있는데, 유독 우리 조선만이 아직 우리의 문자를 가지고 있질 못하다. 이 점을 과인은 심히 부끄럽게 여기고 있노라."

"전하, 비록 우리에게 고유한 문자가 없다고는 하나, 지금 저희가 한자로써 모든 의사나 학문을 나타냄에 아무 불편이 없는 것으로 아옵니다."

성삼문이었다. 세종의 시선이 그에게로 향한다.

"허허허, 그것은 너의 경우일 것이야. 네 아내와 네 집 하인들이 한자로써 하고자 하는 말을 적을 수 있다고 보느냐?"

"……"

세종의 온건한 반문이 있자 이번에는 신숙주가 입을 열었다.

"전하, 이 나라는 지난 천여 년을 사대모화하고 있사옵니다. 한자를 쓰는 것은 당연한 일이옵니다."

"범옹."

범옹泛翁은 신숙주의 자[20]다.

---

20 字 주로 남자가 성인이 되었을 때 붙이는 일종의 이름. 실제의 이름(實名, 本名)이 아닌 부명(副名)이라 할 수 있다.

"예, 전하."

"그대의 나이 비록 어리나 만만치 않은 학문을 갖추고 있음을 내가 들어서 알고 있다. 그대는 내가 말하는 바를 소리 나는 대로 적을 수 있겠느냐?"

신숙주는 자신 있게 대답하였다.

"적는 데까지 적어보겠사옵니다."

세종은 곧 승지에게 명하여 지필묵을 신숙주에게 내주도록 하였다. 신숙주는 붓을 들었다. 순간, 세종의 입가에는 미묘한 웃음이 스쳐 지나갔다.

"소리 나는 대로 적어야 할 것이야. 개구리가 못에서 개굴개굴 우는데 처녀 아이가 돌을 던지니 퐁당 하는 소리가 울리고, 노을 진 하늘에서는 까마귀가 까옥까옥 울며 지나간다."

신숙주는 붓을 놀리려다 말고 그 자리에 그대로 굳어 버렸다. 등에 진땀이 흘러내렸다.

"………"

신숙주가 사색이 된 채 쩔쩔매고 있을 때 세종이 심각하게 입을 열었다.

"지금 내가 한 말은 우리나라 말인데, 그것을 한자로 적고자 하므로 옮길 수가 없는 것이야. 너는 이 점을 어찌 생각하고 있느냐?"

"전하, 망극하옵니다."

신숙주는 달리 대답할 말이 없었다. 편전 안은 일시에 숙연해졌다.

"근보!"

세종의 옥음이 편전의 적막함을 깨뜨렸다. 근보謹甫는 성삼문의 자다.

"네가 아비를 부를 때 아버님이라 하고, 어미를 부를 때 어머님이라고 하면서, 그것을 글로 쓸 때는 父(부)라 쓰고, 母(모)라 쓰는데 왜 그러는지 아느냐?"

성삼문이 조심스레 대답한다.

"한자는 소리가 나는 대로 적는 문자가 아니고 뜻을 적는 문자이기 때문이옵니다."

"바로 보았다. 한자는 뜻을 나타내는 문자인 까닭으로 우리나라 말을 옮길 수 없는 것이야."

이때 하위지가 조심스레 물었다.

"하오시면 소리 나는 대로 적는 글자가 있다는 말씀이신 지요?"

세종은 잠시 생각에 잠긴 듯하더니, 혼잣말처럼 대답한다.

"있는 것이 아니라 있어야 하겠지."

세종의 예견을 맞추기나 하려는 듯이 하위지가 바로 나서 아뢴다.

"전하! 전하의 어의語義는 모르는 바 아니 오나, 사대모화를 하는 조선의 처지로서는……"

"잠깐! 이 나라의 어리석은 백성들에게 배우기 쉽고 쓰기 편한 문자를 주어, 말하고자 하는 바를 쉽게 쓰게 하는 것은 사대모화를 하지 말자는 뜻이 아니다. 이두가 우리말을 적고 있으나 한자를 빌려 쓰는 것이어서 불편하다는 것이 아닌가!"

"전하, 만일 전하께서 새로운 문자를 창제하시는 것을 명나라에서 안다면 큰 마찰이 있을 것이옵니다."

"내놓고 하는 것이 아니니, 그 점은 심려할 바가 아니다! 모두 들으라."

"예, 전하!"

"오늘부터 너희들은 모든 힘을 기울이어 새 문자 창제에 이바지하도록 하라. 너희가 이 뜻을 이룬다면 너희들의 이름이 만세에 빛날 것이나, 이 뜻을 이루지 못한다면 태어난 보람이 없을 터인즉, 나와 더불어 새로운 문자 창제에 전념하는 것을 천명으로 알아야 할 것이니라. 알겠는가!"

"명심하겠사옵니다. 전하!"

그날부터 정인지, 최항, 이개, 박팽년 등의 기존 집현전 학사들과 하위지, 이선로, 신숙주, 성삼문 등의 새 학사들은 세종과 더불어 밤낮없이 문자 창제에 노력을 기울여 나갔다.

세종의 문자 창제에 대한 집념은 집현전 학사들이 깜짝 놀랄 만큼 대단한 것이었다. 낮에 정무를 보는 틈틈이 음운을 연구하는 것은 물론 밤늦게까지 촛불을 밝히는 날이 대부분이었다.

안질이 재발하고 각기가 다시 도졌다. 그래도 세종은 이를 악물고 연구에 전념했다.

이에 감복한 집현전 학사들은 세종 못지않게 문자 창제의 일에 더욱 심혈을 기울였다. 특히 신숙주, 성삼문의 열정은 세종 못지않게 뜨거웠다.

또 세종은 집현전 학사들을 지극히 아꼈다. 그들의 학문을 진척시키기 위해서는 이미 사가독서[21]의 제도를 도입

---

21 賜暇讀書 조정에서 총명한 문신들을 선발하여 학문에 전념할 수 있는 여가를 주는 제도로서, 독서당(讀書堂) · 호당(湖堂) 등으로도 불린다. 1426년(세종 8)에 처음으로 실시된 이래 계속해서 시행되다가, 1456년(세조 2) 사육신 사건을 계기로 집현전이 혁파될 때 함께 폐지되었다. 이후 성종이 즉위하면서 재개되었고, 집현전의 후신인 홍문관과 어우러지면서 적극적으로 운영되었으나, 1504년(연산군 10) 갑자사화를 계기로 다시 폐지되었다.

해 쓰고 있었다. 사가독서란 조용히 학문에 몰두하기 위해서는 등청을 하지 않아도 된다는 것이었다.

한북문[22]을 지나서 또 고개 너머에 있는 진관사[23]에는 책을 읽는 선비들이 많았다. 모두가 세종의 성은을 입고 있는 집현전의 젊은 학사들이었다.

신숙주의 자는 범옹泛翁이며 호는 희현당希賢堂 또는 보한재保閑齋이다. 그는 태종 17년 신장申檣의 다섯 아들 중 셋째아들로 태어났다. 어려서부터 총명하였으며 기억력이 남달랐는데, 모든 경서와 역사책을 한번 읽으면 기억할 정도였으며, 글재주가 뛰어났고 자라면서 열심히 공부하여 읽지 않은 책이 없었다. 그를 본 사람들은 모두 그가 장차 큰 그릇이 될 것이라 예견하고는 했다. 성격은 침착하여 깊이 생각하고 난 뒤에 말을 하였다. 신숙주는 아버지로부터 학문과 글씨를 배웠는데, 글재주에 뛰어났다. 뒤에 그는 스승 윤회의 손녀사위가 되었고, 뒤이어 정인지의

---

22 漢北門 한양 도성과 북한산성을 잇는 탕춘대성의 정문으로 홍지문(弘智門)이라고도 한다. 문 옆으로 홍제천이 흐르며 홍제천엔 오간수문을 내 적의 성내 진입을 막고자 했다.

23 津寬寺 서울특별시 은평구 북한산에 있는 고려전기 제8대 현종이 승려 진관대사를 위해 창건한 사찰.

문하에서도 수학했는데 그를 통해 정몽주의 학문도 계승하였다.

　그는 학문을 연마하면서도 동리의 아이들을 데려다가 서당을 열고 천자문과 소학을 가르치기도 했다. 특히 문장이 뛰어나 과거에 오르기도 전에 그의 문명文名이 도성 안에 널리 알려졌을 정도였는데, 그는 일찍이 탐진강과 영산강의 강물이 서해로 흐르는 것을 보며 바다는 산골 깊은 계곡의 맑은 물이든 말과 소를 씻은 더러운 물이든 가리지 않고 받아들이는 것이 바다라고 생각하면서 커다란 뜻을 품고 있어서 속된 일에 마음을 기울이지 않았다.

　학문에 뜻을 둔 이후로는 늘 산속의 절에 가서 글 읽기를 소홀히 하지 않았고, 가사에 마음을 쓰지 않더니, 마침내 나이 스물한 살이 되던 1438년(세종 20년) 시詩와 부賦로 생원시에 합격하여 생원이 되었다가 그해의 진사시에도 모두 합격하여 바로 진사가 되었다. 그 뒤 초시에 장원한 뒤, 복시에도 장원하였다. 1441년에 다시 집현전 부수찬이 되었으나 절대 교만하지 않고 오히려 입직할 때마다 집현전에 있으면서 그는 장서각에 들어가서 평소에 보지 못한 책을 열심히 읽고 동료를 대신하여 자청하여 숙직을 도맡아 하면서까지 시간 가는 줄 모르고 새벽까지 공부하기가 일쑤였다. 숙직이 아닐 때도 장서각에 파묻혀서 귀중한 서책들을 읽느라 밤을 새우는 학문에 대한 열성은 세종에게까지 알려졌다.

어느 날 밤이었다. 그날도 세종은 밤늦게까지 문자의 원리에 관해 연구하다가 경루가 세 번 울리자 집현전에서 입직하는 학사의 일이 염려되어 내관 엄자치嚴自治를 불렀다.

"지금 곧 집현전에 다녀오도록 하라."

"예, 전하. 하온데 무슨 일로 ……?"

"가서 집현전에 등촉이 켜져 있거든 오늘 밤의 입직 학사가 누군지 알아 오되 아무도 모르게 살피고 오너라."

내관 엄자치는 몰래 집현전 가까이 가 문틈으로 안을 엿보았다. 그날의 입직 학사는 신숙주였다. 그런데 그는 자정이 지났는데도 불을 끄고 잘 생각을 하지 않고 촛불 앞에 정좌한 채 조용히 책을 읽고 있었다.

엄자치는 그러한 신숙주의 모습을 확인한 후 편전으로 들어와 세종에게 본 대로 고하였다.

"어허, 아직 책을 읽고 있단 말이지. 그러면 사경四更(새벽 한시에서 세시 사이)이 될 때 다시 한번 가 보고 오너라."

세종 역시 사경이 될 때까지 침전에 들지 않고 기다렸다.

이윽고 사경이 되었다. 엄자치는 다시 집현전으로 갔다.

방안을 들여다본 그는 깜짝 놀랐다. 그때까지 신숙주는 자세하나 흐트러뜨리지 않고 책을 읽고 있었기 때문이었다. 속으로 혀를 내둘렀다. 엄자치의 보고를 받은 세종 역시 감탄하지 않을 수 없었다.

"신숙주의 학문이 그냥 이루어진 것이 아니로구나. 너는 시각마다 집현전에 들러 신숙주가 언제 잠자리에 드는가를 엿보아 두었다가 나에게 알리도록 하라."

엄자치는 아예 집현전 앞에 쪼그리고 앉아 신숙주가 잠들기만을 기다렸다.

신숙주는 내관이 지켜보는 줄도 모르고 독서삼매에 빠져 있었다. 좀처럼 잠잘 생각을 하지 않다가 새벽녘이 되어서야 등촉을 끄고 자리에 누웠다. 그제야 엄자치는 몸을 일으켜 편전으로 달려왔다. 그때까지도 세종은 책을 보며 기다리고 있었다.

"전하, 신학사가 이제 막 잠자리에 들었사옵니다."

세종은 엄자치의 보고에 크게 기뻐하며 자신이 입고 있던 어의御衣를 벗었다.

"이것을 가지고 가서 신숙주에게 가만히 덮어주고 오너라. 잠을 깨우면 안 될 것이야."

"예, 전하."

세종은 엄자치가 돌아오고 나서야 침전으로 들었다.

다음 날 아침 깨어난 신숙주는 자신의 몸에 이상한 옷이 덮여 있는 것을 발견하였다. 자세히 살펴보니 그것은 임금의 어의가 아닌가! 그는 간밤에 무슨 일이 일어났는가를 쉽게 추측해 낼 수 있었다. 감읍한 나머지 자신도 모르게 눈물이 쏟아져 나왔다.

"전하, 성은이 망극하옵니다."

그 뒤로 신숙주는 더욱 문자 창제에 모든 힘을 기울였고, 후에 그가 일본과 명나라의 사신으로 자주 나갈 수 있었던 것은 바로 그의 뛰어난 문장 때문이었다.

그는 또 집현전 학사로서 외국어에도 능통해 한어, 왜어를 비롯한 몽고어, 여진어[24], 유구어[25] 등 동아시아 8개국어를 통역 없이 구사하였으며, 각 나라말의 구조와 원리를 깨달아 세종에게 많은 도움을 주었고 세종은 신숙주 아끼기를 자신의 몸같이 하였다. 이때 그의 나이 22세였다.

---

24 女眞語 여진족들이 사용하던 언어로, 퉁구스어족 계열의 언어이다. 이후 만주어로 발전하였다. 현재는 쓰이지 않는 고어 또는 사어로, 이후 여진어를 중심으로 만주어가 형성된 것으로 추정된다.
25 琉球語 일본의 류큐 지방에서 쓰는 언어.

성삼문 역시 신숙주와 더불어 세종의 총애와 기대를 한 몸에 받는 집현전의 젊은 인재였다.

성삼문은 신숙주보다 한 해 뒤인 태종 18년(1418) 충남 홍주 노은동 그의 외가에서 태어났다. 그가 태어난 때에 공중에서,

"낳았느냐?"

하고 세 번 묻는 소리가 들렸다 하여 이름을 삼문三問으로 지었다.

성삼문成三問은 본관이 창녕昌寧이고 자는 근보謹甫이며 호는 매죽헌梅竹軒이다. 충청남도 홍성洪城 출신으로 성승成勝의 맏아들로 태어났는데, 그의 부친은 무과에 급제하여 도총부총관의 직위를 역임하였으니, 성삼문은 선천적으로 문무 양면에 재질을 갖춘 혈통을 이어받고 태어난 것이다.

성삼문은 이러한 선천적인 기상이 있었기 때문에 훗날, 당대의 문장가로서 또 음운 학자로서 그 이름을 떨치게 되었고, 사육신의 한사람으로 만고에 빛날 충절을 이루었는지도 모른다.

그의 어린 시절은 그다지 다복한 편은 아니었다. 가세가 넉넉지 못하여 매우 어려운 환경에서 글을 읽었다. 그러나

그는 글공부를 게을리하지 않아 나이 10여 세에 이미 문장이 뛰어나고 글씨를 잘 썼다. 18세에는 생원시에 합격하였고, 이어 이 해에 하위지와 함께 과거에 급제, 집현전 학사로 발탁된 것이다.

그는 평소 익살을 잘 부려 우스운 소리를 즐기었고 남에게 속이 텅 빈 듯한 인상을 풍겨주었으나, 기실은 의지가 꿋꿋하고 한번 마음을 주면 절대 변치 않는 지조를 간직하고 있는 사람이었다. 그의 호가 매죽헌인 것도 그러한 성품에서 나온 것이었다. 그의 〈매죽헌부〉를 보면 다음과 같은 시가 있다.

旣貞節之不變兮(기정절지불변혜)
亦孤芳之尙存(역고방지상존)

이미 곧은 절개가 변치 않음이여
또한, 겨울에 꽃다움이 남아 있도다.

대나무의 정절과 매화의 고방함을 취하는 그의 심정을 잘 나타내주고 있다.

이러한 성삼문의 지조와 학문은 세종의 눈에 뜨임으로

써 더욱 깊어져 갔고 빛을 내게 되었다. 그는 특히 훗날 문종이 되는 세자 향琱과 교분이 두터웠다. 속이 깊고 지조가 강한 성삼문의 성품을 세자가 높이 산 때문이었다.

세자는 고요한 밤이면 언제나 한 권의 책을 손에 들고 집현전으로 찾아가 입직 학사들과 자주 토론을 하였는데, 특히 성삼문이 입직할 때는 한 번도 빠뜨리는 적이 없었다. 따라서 성삼문은 입직하는 날이라도 함부로 의관을 벗지 못하고 세자를 맞이할 채비를 하여야만 했다. 어느 날인가는 삼경이 지나도록 세자의 행차가 없자 오늘 밤은 안 오시는가 보다, 생각하고 옷을 막 벗으려는데 밖에서,

"근보!"

하고 세자가 그를 불렀다. 그는 부랴부랴 의관을 정제하고 세자를 맞이하여 밤새도록 학문을 논한 적이 있었다. 그 후로 그는 결코 잠자리에 들어도 옷을 벗는 적이 없었다.

세종은 이러한 신숙주와 성삼문 같은 집현전의 젊은 학사들의 도움에 힘입어 새 글자 창제의 작업에 더욱 박차를 가할 수 있었다. 이때가 〈훈민정음〉이 완성되기 5년 전의 일이었다.

四.
문자 창제에 전념하다

    세종은 신하를 임용하는 것과 형벌에 관한 것, 군사를 움직이는 것과 처결하기 어려운 것을 제외하고는 일체의 서정을 세자에게 맡겨 섭정케 하고, 세종은 편전과 집현전만 오가며 집현전 학사들과 어울려 새 문자 창제에 전념하여 더욱 심혈을 기울이기 시작했으니, 이때가 세종 25년 (1443) 5월 16일이었다.

    먼저 세종은 며칠간에 걸쳐 그동안 연구하고 생각해 왔던 것을 정리해 보았다. 그러고 나서 마지막으로 정인지, 신숙주, 성삼문, 최항, 박팽년, 이개, 이선로, 강희안 등을 불러 문답식으로 문자 창제에 필요한 이론과 원리를 기록했다.

"학역재, 글이란 무엇인가?"

세종이 먼저 정인지의 호를 부르며 정감있게 물었다. 정인지는 그동안 연구하고 생각해 왔던 바를 간략하게 대답한다.

"글이란 사람이 생각하고 있는 것을 문자라는 매개를 써서 남에게 전달하는 것을 말함이옵니다. 따라서 글에는 반드시 문자가 뒤따르는 법이옵니다. 전하!"

세종은 정인지의 대답에 고개를 끄덕이고 나서, 이번에는 신숙주에게 묻는다.

"지금 우리나라에서는 중국의 한자를 문자로 쓰고 있다. 그런데 어찌하여 배우기가 어려운가?"

신숙주가 정중히 아뢴다.

"한자는 우선 우리나라 말을 적는 문자가 아니옵니다. 그리고 소리 나는 대로 기록하는 문자가 아니고 자연의 형상을 빌어 만든 상형자인지라 말의 구조가 틀린 우리나라 사람으로서는 평생을 공부해도 많은 수의 한자를 모두 익힐 수가 없사옵니다."

세종의 시선은 성삼문을 향한다.

"그렇다면 소리 나는 대로 적을 수 있는 글자를 만든다면 쉽게 글을 익힐 수 있을 것이다. 너는 이것을 어찌 생각하느냐?"

"그러한 문자를 만들려면 문자의 형체도 중요하지만, 우리가 쓰고 있는 말의 이치와 원리를 밝혀야 할 것으로 아옵니다."

"말의 이치와 원리를 어떻게 밝혀야 좋으냐?"

"사람은 누구나 입과 혀와 목구멍을 움직여 소리를 냅니다. 따라서 소리는 크게 다섯 가지로 나눌 수 있습니다."

"그 다섯 가지라는 것은 무엇무엇이냐?"

"우선 목구멍에서 나는 목구멍소리[후음]가 있고, 어금니 근처를 막고 내는 소리로 어금닛소리[아음]가 있사옵니다. 또 혀끝으로 내는 혓소리[설음]와 윗니 근처에서 나는 잇소리[치음], 그리고 마지막으로 입술에서 나는 입술소리[순음]가 있사옵니다."

성삼문의 대답에 세종은 만족한 웃음을 용안 가득히 담았다.

"바로 그것이로다!"

그리고 친히 붓을 들어 종이에 〈후음喉音〉, 〈아음牙音〉, 〈설음舌音〉, 〈치음齒音〉, 〈순음脣音〉이라 적었다. 나중에 긴요하게 쓰일 때가 있을 것이라는 생각에서였다.

세종은 다시 하문하기 시작한다.

"이제 우리는 소리가 다섯 가지로 나뉘어 발생한다는 것을 알았다. 그런데 이것은 음양오행과 무슨 관계가 있는 것인가?"

"그러하옵니다, 전하. 천하의 모든 이치는 음양과 오행뿐입니다. 하늘이 있으니 땅이 있고, 산이 있으면 물이 흐르게 마련이옵니다. 해가 지면 달이 뜨고, 남자가 있으면 여자가 있사옵니다. 이것이 음양의 도이옵니다. 또한, 천지간에는 기묘한 운행의 도가 있는데, 그것이 오행이옵니다. 수水는 목木으로 이어지고, 목木은 화火로, 화火는 금金으로, 금金은 토土로, 토土는 다시 수水로 이어지옵니다."

천문의 이론에 정통한 정인지가 음양과 오행에 대해서 아뢰었다.

"허허허, 과연 학역재의 학문은 깊이를 측정할 수가 없도다. 나도 일찍이 음악에 관해서 공부한 바 있는데, 악의 원리도 결국 음양오행의 도에서 벗어나지 못했다. 우羽, 각角, 치徵, 상商, 궁宮이 바로 그것이지."

"동서남북의 방위와 춘하추동의 사계 역시 오행의 도에 따라 운행되고 있사옵니다."

"그렇다면 다섯 가지의 소리도 오행의 도에서 크게 벗어나지 못하리라. 너희들은 다음의 모임에 나올 때 이 다섯 가지 소리가 오행의 도에 어떻게 적용되는가를 연구하여 오도록 하라."

"명심하겠사옵니다."

이처럼 세종은 서두르지 않고 소리의 원리와 말의 이치를 규명해 나갔다. 집현전 학사들이 각자 나름대로 연구를 하는 동안 세종 역시 밤을 새워 연구에 몰두했다. 완벽한 이론과 원리를 규명해 놓아야만 문자의 자형을 만들기 쉽다고 생각했기 때문이었다.

'천하의 모든 도는 어렵고 높은 데에 있는 것이 아니다. 지극히 평범한 것에 있음이 분명하다.'

이렇게 생각을 굳힌 세종은 며칠 후 다시 집현전 학사들을 불러 모았다.

"자아, 이제 다섯 가지 소리를 오행설에 따라 논하여 보자. 먼저 목소리에 대해서 말해 보아라."

최항이 입을 열고 나섰다.

"목구멍소리는 목구멍에서 나는 소리를 이름이옵니다. 목구멍은 깊고 윤택합니다. 오행 중 수水에 해당하며, 계절로는 겨울이고, 악에서는 우羽에 해당합니다. 따라서 그 소리가 마치 물이 맑게 흘러가는 듯하옵니다."

"과인의 생각과 꼭 같도다!"

세종은 최항의 설명을 듣고 밝게 웃으며 고개를 끄덕
였다.

최항崔恒은 본관이 삭녕朔寧이고 자는 정보貞父이며 호는
태허정太虛亭과 동량㠀梁이고 서거정의 자부이다. 아버지는
증 영의정 최사유崔士柔이다. 훈구파의 대학자로서 문물제
도의 정비에 크게 이바지했고, 역사·언어·문장에 정통하
여 실록 편찬 및 대중국 외교문서 작성을 전담했다. 1434
년(세종 16) 알성문과에 장원으로 급제, 집현전 부수찬이
되었다. 이 해 《자치통감훈의》의 편찬에 참여했으며, 세
종의 명을 받아 박팽년·신숙주·성삼문 등과 같이 훈민정
음 창제에 참여하였다. 1444년 집현전 교리로서 《오례의
주》를 상정하는 일에 참여했으며, 같은 해 박팽년·신숙주·
이개 등과 함께 《운회》를 훈민정음으로 번역하였다. 1445
년 집현전 응교로서 《용비어천가》를 짓는 일에 참여하고,
이어 《동국정운》·《훈민정음해례》 등을 찬진하였다. 1447
년 문과중시에 5등으로 급제, 집현전 직제학 겸 세자우보
덕에 임명되었다. 그 당시 세종은 세자(뒤의 문종)에게 섭
정하게 했는데 이때 서연관으로서 정치에 보좌함이 컸다.
1452년(단종 즉위) 〈문종실록〉의 편찬에 참여했고, 다음

해 동부승지가 되었다. 그해 계유정난 때 정인지·신숙주·권람 등과 함께 수양대군의 집권을 도운 공으로 정난공신 1등에 녹훈되고 도승지에 임명되었다.

"다음으로 어금닛소리에 대해서 말해 보아라."
이번에는 이개가 나섰다. 다른 학사들에게 지지 않겠다는 결의가 뚜렷했다.

이개李塏는 본관이 한산韓山이고 자는 청보淸甫와 백고伯高이며, 호는 백옥헌白玉軒이다. 제6대 왕 단종을 위해 사절한 사육신의 한 사람이다. 이색李穡의 증손으로, 아버지는 이계주李季疇이다. 태어나면서 글을 잘 지어 할아버지의 유풍을 이었다. 1436년(세종 18) 친시문과에 동진사로 급제하고, 1441년에 집현전 저작랑으로서 당나라 명황의 사적을 적은 《명황계감》[26]의 편찬과 훈민정음의 제정에도 참여하였다.
1444년 집현전 부수찬으로서 의사청에 나가 언문으로 《운회》를 번역하는 일에 참여해 세종으로부터 후한 상을

---

26 明皇誡鑑 당 현종의 이야기를 적고, 고금의 시를 덧붙여 엮은 책이다.

받았다. 1447년 중시 문과에 을과 1등으로 급제하고, 이 해에 《동국정운》의 편찬에 참여하였다. 1456년(세조 2) 2월 집현전 부제학에 임명되었다. 이해 6월에 성균관 사예 김질의 고변으로 성삼문 등 육신이 주동이 된 상왕의 복위 계획이 발각되었는데, 박팽년·하위지·유응부·유성원과 함께 국문을 당하였다. 이때 이개는 작형灼刑을 당하면서도 태연했다고 한다.

성삼문 등과 함께 같은 날 거열형을 당했는데, 수레에 실려 형장으로 갈 때 다음과 같은 시를 지었다.

"우정[27]처럼 중하게 여길 때에는 사는 것도 또한 소중하지만

홍모[28]처럼 가벼이 여겨지는 곳에는 죽는 것도 오히려 영광이네

새벽녘까지 잠자지 못하다가 중문 밖을 나서니

현릉[29]의 송백이 꿈속에 푸르구나!"

27 禹鼎 夏나라 우왕이 9주의 쇠를 거두어 9주를 상징해 만든 아홉 개의 솥.
28 鴻毛 기러기의 털, 즉 아주 가벼운 물건의 비유.
29 顯陵 제5대 문종(1414~1452)과 현덕왕후 권 씨(1418~1441)의 능으로 경기도 구리시 인창동에 있는 동구릉의 하나다.

이때 이개의 매부인 전 집현전 부수찬인 허조도 단종 복위의 모의에 참여해 자결하였다.

"아음牙音인 어금닛소리는 목木에 해당하는 소리입니다. 어금니는 길고 튼튼하므로 그 소리가 목구멍소리와 비슷하나 그보다 더욱 실實한 것이 특징이옵니다. 따라서 어금닛소리는 딱딱하고 나무를 두들기는 듯한 소리처럼 여겨집니다. 계절로 본다면 봄이요, 악으로 본다면 각角이옵니다. 또한, 방위로는 동東에 해당하옵니다."

간결하고 정확한 이개의 답변에 세종은 흡족하였다.

"훌륭하도다. 그러면 이번에는 혓소리에 대해서 말해 보아라."

박팽년이 질세라 앞으로 나섰다.

박팽년朴彭年은 본관이 순천順天이고 자는 인수仁叟이며 호는 취금헌醉琴軒이다. 회덕 출신으로 아버지는 판서를 지낸 박중림朴仲林이다.

1434년(세종 16) 알성문과에 급제하여 성삼문 등과 함께 집현전 학사가 되었다. 1438년 삼각산 진관사에서 사가독서를 했고, 1447년 문과중시에 급제했다. 문종이 왕위에 오른 지 2년 만에 죽으면서, 그를 비롯하여 황보인·김종서·성삼문 등에게 어린 단종의 보필을 당부했다. 1453년 (단종 1) 우승지·부제학을 거쳐 1454년 좌승지·형조참판을 지냈다. 1455년 충청도 관찰사로 나가 있을 때, 신권의 지나친 강대화와 왕권 약화를 우려한 왕실세력 중 수양대군이 김종서·황보인·정분 등을 축출, 단종을 폐위시키고 왕위에 오르자 세조에게 올리는 문서에는 '신'이라는 글자 대신 '거'라는 글자를 쓰고 녹봉에도 일절 손을 대지 않았다. 1456년(세조 2) 다시 형조참판에 기용되었다. 1456년 6월에 창덕궁에서 상왕인 단종 앞에서 명의 사신을 접대하는 기회를 이용하여 왕의 호위를 맡은 성승·유응부 등이 세조와 그 추종자들을 없애기로 했다. 그러나 그날 아침 갑자기 세조가 이들의 시위侍衛를 취소시켰으므로 거사를 후일로 연기했다. 이에 모의에 참여했던 김질 등이 불안을 느끼고 이를 밀고해 성삼문 등 주모자들과 같이 체포되었다. 그의 재능을 아낀 세조가 사람을 보내어 회유하려 했으나, 세조를 '나으리'라고 부르면서 끝내 뜻을 굽히지 않다가 심한 고문을 당하고 옥사했다. 얼마 후 아버지 중림, 동생 대년, 아들 헌·순·분 등 3대가 처형되었으며, 어머니·처·제수 등도 대역부도의 가족으로 노비가 되었다.

"혀는 날카롭게 잘 움직입니다. 따라서 오행 중 화火에 해당하는데, 계절로는 여름이요, 음악에서는 치徵에 해당하오니다. 불은 그 성격이 날래고 날카로우므로 혓소리 역시 그것을 닮아서 화염이 타오르는 듯한 소리를 냅니다. 방위로는 남쪽에 해당합니다."

"옳은 말이다. 그러면 잇소리는 어떠한가?"

이선로가 대답한다.

이선로李善老는 이현로李賢老의 초명으로 조선의 문신, 시인, 서예가, 서화가, 무예가이다. 본관은 강흥江興이고 아버지는 이광후李光後이다. 1431년 생원시에 합격하였으며 1438년 식년문과에 을과 급제하여 집현전 교리로 등용되었고 그 뒤 언문청에서 활동하면서《동국정운》편찬에도 참여하였다. 이듬해 병조정랑이 되고, 집이 없는 영응대군의 집터를 안국방으로 정해 주기도 했으나, 이 해 환관 최읍의 청탁을 받아 매관 죄로 탄핵을 받았다. 1449년(세종 31) 병조정랑으로 하번갑사인 귀화인을 보고하지도 않고 사직에 임명했다가 순창으로 유배되었다. 세종, 문종, 단종에 걸쳐 세 임금을 섬겼으며 나중에는 안평대군의 책사로도 활약했다. 1452년 9월 6일 수양대군이 자신의 부하들을 시켜 이현로를 야산으로 끌고 가서 폭행한 사건이 있었는데 이른바 이현로 폭행 사건이다. 이듬해 1453년 계유정난[30] 때 수양대군이 보낸 수하들의 손에 암살되었다.

"이는 단단하고 부러지기 쉬우니 금金에 해당합니다. 계절로는 가을에 해당하고, 악으로는 상商에 속합니다. 잇소리의 특징은 그 터져 나오고 막힘이 마치 쇠가 부서지고, 단련되어 이루어짐과 같습니다. 방위로는 서西에 속하옵니다."

마치 끝말잇기를 하는 듯 박팽년의 대답 또한 간요하여 세종은 만족스러운 미소를 용안에 가득 담았다.

"과연 집현전의 학사들이로다. 마지막으로 입술소리에 대해서 강희안이 말해 보라."

강희안은 기다렸다는 듯 입을 열어 아뢴다.

강희안姜希顔은 본관이 진주晉州이고 자는 경우景遇이며 호는 인재仁齋이다. 이조판서를 지낸 석덕碩德의 아들이고, 좌찬성 희맹希孟의 형이다. 1438년(세종 20) 진사시에

---

30 癸酉靖難 1453년에 수양대군이 여러 대신들을 죽이고 반대파를 숙청하여 정권을 장악한 사건.

합격했으며, 1441년 식년문과에 급제하여 사섬서주부로 벼슬길에 올랐다. 이어 돈녕부주부·이조정랑·부지돈녕부사 등을 지냈다. 1443년 정인지 등과 함께 《훈민정음》을, 1445년 최항 등과 더불어 《용비어천가》를 주해했다. 또한, 1444년 신숙주 등과 같이 《고금운회》를 번역했으며, 1447년에는 신숙주·성삼문·박팽년 등과 함께 《동국정운》의 편찬에도 참여했다. 사헌부장령·지사간원사 등을 두루 거치고 1454년(단종 2) 집현전 직제학이 되었다. 이해 정척·양성지 등과 함께 팔도 및 서울의 지도를 제작하는 데 참여했다. 이듬해 세조가 즉위하자 인수 부윤으로 사은부사가 되어 명나라를 다녀왔으며, 원종공신 2등에 봉해졌다. 1456년에는 단종복위운동에 연루되어 신문을 받았으나, 그는 관계하지 않았다는 성삼문의 진술로 화를 면했다. 이어 1463년 중추원부사가 되었다.

"입술소리는 입술을 모아 뽑는 소리이므로 토土에 속하고 계절로는 늦여름, 악으로는 궁宮에 속하며, 소리 역시 대지가 만물을 머금듯 넓고 크옵니다."

"그렇다. 천지간의 이치가 그러하듯, 사람이 내는 소리 역시 오행의 도에서 벗어나지 않는다. 그러나 오행이라 해도 거기에는 반드시 중심이 있는바, 여기에 대해 누가 말해 보겠는가.”

세종의 하문에 정인지가 천천히 입을 열어 아뢰었다.

“물은 물건을 내는 근원이요, 불은 물건을 이루는 작용이옵니다. 그러므로 오행에서는 물과 불이 가장 중심이 된다고 할 수 있사옵니다. 따라서 사람이 내는 소리 역시 그 중심이 있게 마련이옵니다. 물에 해당하는 목구멍은 소리를 내는 문이요, 불에 해당하는 혀는 소리를 구별하는 관에 해당하옵니다. 결국, 오음 중에서 목구멍소리와 혓소리는 그 으뜸을 이루고 있음이옵니다.”

집현전 학사들의 막힘없는 답변에 세종은 대단히 흡족했다. 그들이 얼마나 열심히 연구했는가를 짐작할 수 있었다.

그러나 세종은 여기서 만족하지 않았다. 비록 소리에 대한 이론은 찾았다 할지라도 자형을 만드는 일은 아직 요원하기 때문이었다. 세종은 집현전 학사들과의 문답을 멈추지 않았다. 그것은 학사들의 연구를 독려하고 감독하는 방편이기도 했으나 거기서 얻는 것이 많았기 때문이었다.

五.
초성 자를 만들다

'소리는 사람의 입을 통하여 나온다. 그리고 그 소리는 발생하는 위치에 따라 다섯 가지 소리로 나누어진다.'

세종의 생각은 여기에서 한순간도 벗어나지 않았다. 앉아서나 누워서나 오직 새 문자의 자형을 정하는 일에만 골몰해 있었다. 때로는 종일을 멍하니 앉아 있을 때도 있었다.

'획은 단순해야 하고 그 수는 적을수록 좋을 것이다.'

그러나 그것이 어디 쉬운 일이던가. 집현전 학사들과의 문답도 쉽지 않았던 세종은 그날도 지친 몸을 이끌고 집현전에서 돌아왔다. 그는 잠시 누워서 휴식을 취할 생각이었다. 그때 그의 뇌리를 스치는 게 있었다.

'그렇다. 소리를 내는 혀와 입과 목구멍과 입술의 움직이는 형상을 그린다면 가장 정확하고 과학적인 자형을 만들어 낼 수 있으리라.'

세종은 누워 있다 말고 자리에서 벌떡 일어났다. 덩실덩실 춤을 추고 싶은 심정이었다. 그는 얼른 먹을 갈아 종이에다 정성을 들여 글을 쓰기 시작했다.

어금닛소리[아음牙音] - 군君, 끃虯, 쾡快, 업業
혓소리[설음舌音] - 둫斗, 땀覃, 튼呑, 낭那
입술소리[순음脣音] -볋彆, 뽕步, 퓰漂, 밍彌
잇소리[치음齒音] - 즉卽, 쫑慈, 침侵, 슗戌, 쌍邪
목구멍소리[후음喉音] - 흡挹, 헝虛, 흥洪, 욕欲

다 쓰고 나자 세종은 몇 번이고 이 분류된 글자들을 발음해 보았다. 어린아이가 말을 배우는 것처럼 또박또박 읽어내려가며 혀의 움직임을 떠올렸다. 그러나 자신의 입안을 들여다볼 수가 없으므로 혀가 어떻게 움직이고 있는가를 상상하기란 여간 어려운 일이 아니었다.

세종은 그날 밤을 뜬눈으로 새우고 날이 밝자마자 중궁

전으로 달려갔다.

"중전, 어려운 부탁이 하나 있어요."

"무슨 일이시옵니까? 신명을 다할 것이옵니다."

공비恭妃는 궁금한 눈길을 세종에게로 보냈다.

"다름이 아니라 중전의 입을 좀 빌려야겠습니다."

"입이라니요?"

"허허허, 왜 겁이 납니까?"

세종은 유쾌하게 웃은 후 말을 이었다.

"사실은 그동안 글자의 자형을 어떤 모양으로 만들어야 하나 하고 고심하고 있었는데, 간밤에 문득 좋은 생각이 떠올랐어요."

"좋은 생각이라 하오시면?"

"글자의 자형을 발음기관의 형상에서 본뜨려고 합니다. 다시 말하면 오음이 발음될 때 입안의 움직임을 보고 그 모양대로 자형을 만들려는 거지요."

"그런데 신첩의 입을 빌려달라고 하시는 연유는 무엇이 옵니까?"

"허허허…… 내가 내 입안을 볼 수는 없는 일이 아닙니 까. 해서 중전이 발음할 때의 입안을 보려고 하는 겁니다."

공비는 비로소 세종의 말뜻을 깨달았다.

그날부터 세종과 공비는 중궁전에서 한 발도 나오지 않고 오음의 자형을 만들기 시작했다.

세종은 먼저 여러 날에 걸쳐 입안의 구조를 그리고, 발음과 밀접한 관계가 있는 부분을 살펴보았다. 의외로 소리를 내는 데 관여하는 기관은 많았다.

"중전, 이 그림을 자세히 보세요. 여기가 코안, 이곳이 입술입니다. 그리고 여기서부터 차례대로 이, 윗잇몸, 센입천장, 그다음으로 여린입천장이에요. 혀는 편의상 네 부분으로 나누었습니다. 혀끝, 앞 혓바닥, 뒤 혓바닥, 혀뿌리인 셈이지요. 그밖에 목젖이 있고, 인두벽과 목청, 숨통, 식도가 소리와 연관이 있지요."

공비는 세종의 치밀함에 혀를 내두르지 않을 수 없었다.

"이제 시작합시다. 먼저 어금닛소리부터 해봅시다. 내가 하는 말을 정확하게 따라 해보세요."

세종은 공비 앞에 가까이 다가앉은 다음 발음하는 요령을 자세히 설명해 주었다. 옆에는 먹과 붓, 종이가 놓여 있었다.

공비는 재미난다는 듯 맑은 눈을 들어 세종의 다음 말이 떨어지기를 기다렸다.

"자, 그럼 … 군君[31]!"

"군!"

공비는 가능한 한 입을 크게 벌리고 세종이 하는 말을 따라 했다. 그런데 어찌 된 일인지 입을 크게 벌리려 해도 벌릴 수가 없었다. 공비는 고개를 갸웃했다.

세종이 웃으면서 설명한다.

"어렵지요? 이 소리는 어금닛소리이기 때문에 입이 벌어지지 않는 겁니다."

"하오면 신첩의 입안을 보실 수가 없질 않사옵니까?"

"맞아요, 하지만 혓바닥의 움직임이 어떤가를 느낄 수가 있습니다."

세종의 말에 공비는 다시 한번 〈군〉을 발음해 보았다.

"혓바닥이 아래로 구부러지는 것 같사옵니다."

"바로 그것입니다. 어금닛소리는 뒤 혓바닥을 여린입천장에 올려붙이고 거기를 막아내는 소리인데, 그때 혀뿌리는 목을 막고 있지요. 이걸 그림으로 옮겨보면 〈ㄱ〉과 같은 모양이 됩니다."

이렇게 말하고 세종은 붓을 들어 종이에다 무엇인가를

---

31 君(임금 군)

적었다. 공비가 궁금하여 종이에 적힌 글자를 보았다.

ㄱ, 牙音, 如君字 初發聲(아음, 여군자 초발성)
ㄱ은 어금닛소리이니 君[군]자의 처음 피어나는 소리 같다.

"허허허 …… 어떻습니까?"
세종은 어린애처럼 기뻐했다. 공비는 신기한 듯 두 눈을 크게 뜨고 종이에 적힌 글귀를 오랫동안 들여다보았다.
"참으로 신묘하옵니다."
"허허허 …… 혀뿌리의 모양을 조금 변형시킨 것이지요. 다음으로 혓소리를 해봅시다. 나那[32]!"
"나!"
세종은 벌어지는 공비의 입안을 자세히 관찰했다. 혀끝이 윗잇몸에 붙는 모양이 눈에 들어왔다. 세종은 한참을 생각한 후에야 붓을 들었다.

ㄴ, 舌音, 如那字 初發聲(설음, 여나자 초발성)
ㄴ은 혓소리이니 那[낭]자의 처음 피어나는 소리와 같다.

---

32 那(어찌 나)

세종의 착안에 공비는 더욱 놀랄 뿐이었다.

"이번에는 입술소리입니다. 미彌[33]"

"미!"

세종은 역시 공비의 입 모양을 관찰했다. 입술이 닫히면
서 ㅁ의 형상을 만들어내고 있었다. 이번에는 처음과 달리
주저 없이 붓을 들었다.

ㅁ, 脣音, 如彌字 初發聲(순음, 여미자 초발성)
ㅁ은 입술소리이니 彌[밍]자의 처음 피어나는 소리와 같다.

"이것은 한자의 입 구口 자가 아니옵니까?"

"맞았어요, 한자의 입구자 역시 입의 모양을 본떠서 만
든 것이지요. 다음은 잇소리를 해봅시다. 술戌[34]!"

"술!"

혀끝이 윗니 뒤쪽에 가까이 접근하면서 거기서 갈이소
리[마찰음]가 나오고 있었다. 세종은 몇 번을 공비에게 반
복시킨 후에야 붓을 잡았다.

---

33 彌(두루 미)
34 戌(개 술)

ㅅ, 齒音, 如戌字 初發聲(치음, 여술자 초발성)
ㅅ은 잇소리이니 戌[술]자의 처음 피어나는 소리와 같다.

공비는 감탄하지 않을 수 없었다. 그러나 세종은 여기에 만족하지 않고 다음으로 넘어갔다.

"마지막으로 목구멍소리입니다. 욕欲[35]!"

"욕!"

세종은 바로 붓을 들었다.

ㅇ, 喉音, 如欲字 初發聲(후음, 여욕자 초발성)
ㅇ은 목구멍소리이니 欲[욕]자의 처음 피어나는 소리와 같다.

"이 글자는 무엇을 본뜬 것이옵니까?"

"허허허 …… 목구멍의 둥근 모양에서 빌어왔습니다."

"전하는 사람이 아니라 신인神人이시옵니다."

"아니에요, 누구나가 한곳에 전념하면 얻을 수가 있는 겁니다."

세종은 다섯 가지 소리의 자형을 만들었다는 자부심과

---

35 欲(하고자 할 욕)

안도감에 큰 숨을 내쉬었다. 이마에는 땀방울이 송골송골 맺혀 있었다. 공비가 살그머니 그 땀을 닦아주었다.

"이것으로 다 된 것이옵니까?"

"아니에요. 이제 기본글자만을 만들었을 뿐입니다. 이 기본글자를 이용해 다른 글자를 얻어내야만 첫소리 글자가 완성되는 것입니다."

"전하의 환후가 더 깊어지실까 근심이 되옵니다."

공비가 걱정스레 말했다. 세종은 공비의 손을 살포시 감아쥐었다.

"중전, 너무 걱정하지 마세요. 정무를 세자에게 맡기고 난 후로는 차도가 꽤 있질 않습니까?"

"그렇긴 하옵니다만 ……"

공비는 말끝을 흐리며 세종의 품 안으로 파고들었다.

며칠 후 세종은 기본글자인 ㄱ, ㄴ, ㅁ, ㅅ, ㅇ을 토대로 각 소리에 속한 글자의 자형을 만들어냈다. 그것을 요약하여 보면 다음과 같다.

어금닛소리[牙音] – ㄱ(君), ㅋ(快), ㆁ(業)

혓소리[舌音] – ㄴ(那), ㄷ(斗), ㅌ(呑),

입술소리[脣音] – ㅁ(彌) ㅂ(彆), ㅍ(漂),

잇소리[齒音] - ㅅ(戌), ㅈ(卽), ㅊ(侵)

목구멍소리[喉音] - ㅇ(欲), ㆆ(挹), ㅎ(虛)

반혓소리[半舌音] - ㄹ(閭)

반잇소리[半齒音] - ㅿ(穰)

이렇게 해서 세종은 초성인 닿소리 17자를 완성하기에 이르렀다.

세종이 ㄱ, ㄴ, ㅁ, ㅅ, ㆁ 등 오음의 기본글자를 가지고 닿소리 17자를 유추해낸 것은 단순히 글자 수를 늘리기 위한 것만은 아니었다. 여기에는 누구도 생각하지 못한 놀라운 음성학의 신비가 숨겨져 있는 것이었다.

세종은 다섯 개의 기본글자를 만들고 난 후 된소리, 거센소리, 탁한 소리, 맑은소리, 유성음, 무성음 등을 생각하기 시작했다. 그리하여 결론을 얻은 것이 초성 17자였다.

세종은 진양대군을 시켜 집현전 학사들을 편전으로 불러 모았다. 정인지, 신숙주, 성삼문 등은 계속되는 문자 창제의 연구에 안색마저 파리해져 있었다.

"찾아계시옵니까, 전하!"

"그렇다. 과인이 경들을 부른 것은 소리글자의 초성이라 할 수 있는 닿소리 17자가 완성되었기 때문이야. 그래

서 이 17자의 원리를 규명한 다음 중성인 홀소리에 대해
서 논의해 보면 문자 창제를 더 빨리 성취할 수가 있을 것
이니라."

정인지 등은 닿소리 17자가 완성되었다는 말에 놀라움
과 부끄러움을 감추지 못했다. 놀라움은 세종이 이렇듯
빨리 초성의 원리를 깨달아 자형을 만들었음에 대한 것이
요, 부끄러움은 자신들이 온갖 지혜와 지식을 동원했음에
도 아직 초성의 이치조차 제대로 깨닫지 못하고 있는 것에
대한 것이었다.

이들의 마음을 짐작한 세종은 너털웃음을 터뜨렸다.

"하하하, 내가 초성 17자를 만들 수 있었던 것은 모두
경들이 밝혀낸 오음의 이치가 있었기 때문이야. 자, 이것
들을 보아라."

세종은 종이에 적힌 초성 17자를 집현전 학사들에게 내
주었다. 그들은 신기한 듯 돌려가며 글자의 모양을 보았다.
세종은 그들이 다 보기를 기다렸다가 기본글자 다섯 개를
만들게 된 동기와 과정을 소상히 설명해 주었다.

'입의 모양과 혀의 움직임을 본떠서 글자를 만들었다니!'

집현전 학사들은 너무나 예상 밖의 일에 입이 벌어졌다.

그러나 정작 놀라운 일은 그다음이었다. 세종이 기본글

자를 토대로 다른 12자의 자형이 이루어지게 된 과정을 설명한 것이었다.

"어금닛소리의 기본글자인 ㄱ은 그 소리가 평탄하다. 그런데 우리가 쓰는 말 중에는 이보다 거센소리가 많이 있음이야. 따라서 나는 이 거센소리를 나타내는 글자로 ㄱ에다 한 획을 더하여 ㅋ을 만든 것이다. ㅋ은 어금닛소리 ㄱ의 거센소리이니 快쾌 자의 처음 피어나는 소리와 같음이야. 경들도 한 번 발음해 보아라."

"쾌!"

집현전 학사들의 입에서 일제히 〈쾌〉가 터져 나왔다. 세종이 흡족한 듯 웃는다.

"어떤가? 그 소리 남이 ㄱ보다 세지 않은가?"

"그러하옵니다. 전하."

"ㄷ, ㅌ 소리도 마찬가지다. 이 소리들은 ㄴ과 같이 혓소리인데, 그 세기에서는 ㄴ보다 한결 강하다. 결국, ㄷ은 ㄴ에 한 획을 더한 것이요, ㅌ은 ㄷ에 한 획을 더한 것이다. 이 밖의 다른 글자들 모두 이와 같은 이치에서 만들어진 것이다."

"놀라울 따름이옵니다."

세종의 말에 그들은 달리 할 말이 없었다.

六.
중성자를 만들다

세종이 집현전 학사들을 부른 목적은 그들을 놀라게 해 주려고 한 것이 아니었다. 닿소리에 이어 중성인 홀소리의 원리를 논하기 위해서였다. 세종은 그동안 생각해 왔던 바를 얘기하기 시작했다.

"우리가 지금 만들려고 하는 글자는 그 자형을 자연의 사물에서 빌어온 뜻글자가 아니라 말하는 바를 그대로 옮겨 쓸 수 있는 소리글자이다. 그리고 이미 그 초성을 완성해 놓았다. 그러나 경들도 알고 있겠지만 소리글자의 특징은 초성 하나만으로 이루어질 수 없다는 것이다. 초성과 중성과 종성이 어우러져야 비로소 하나의 완전한 글자가 이루어지는 것이다. 따라서 이제부터 과인과 경들은 중성의 자형을 만들어야 할 것이니라."

"망극하옵니다. 전하!"

"먼저 초성과 중성이 발음상에 있어서 어떻게 구별되는 지 알아야 할 것이니라."

세종은 예전에 그러했던 것처럼 문답식으로 논리를 전 개해 나가기로 마음을 정했다.

"학역재."

"예, 전하."

"내가 만든 초성 17자의 특징이 어디에 있다고 생각하 는가?"

"전하께옵서 완성하신 초성 17자는 모두 발음기관의 형 상이나 움직임을 본뜬 것으로 아옵니다. 즉 이 글자들은 모두 입안의 어떠한 자리에서 특별한 장해를 받으며 나오 는 소리를 표시한 것이옵니다."

"허허허 …… 바로 보았음이야. 과연 학역재로다. 내가 만든 이 자형들은 모두 발음 기관의 형상과 움직임을 관 찰하여 얻어낸 것이다. 이를테면 〈감〉의 ㄱ 소리를 내려면 뒤 혓바닥을 여린입천장에 붙이고 허파에서 나오는 바람 으로 거기를 터뜨려야만 한다. 또 〈남〉의 ㄴ을 내려면 혀 끝을 잇몸에 붙여 공기가 통하지 못하게 하고, 대신 그 공기를 코로 내보내야만 ㄴ 소리가 나는 것이지. 그렇다면 근보!"

"예, 전하."

"중성의 소리는 어떠할 것 같은가?"

세종의 눈길이 성삼문에게 가 멎었다. 성삼문은 한참을 생각에 잠겨 있다가 자신 없는 투로 입을 열었다.

"신의 생각으로는 중성의 소리는 입안에서 아무런 장해를 받지 않고 나오는 듯싶사옵니다."

세종은 말없이 고개를 끄덕이다가 이번에는 신숙주에게 묻는다.

"범옹은 어찌 생각하는가?"

"신은 약간 달리 생각하고 있사옵니다. 중성의 소리 역시 발음기관의 장해를 받고 있다고 생각합니다. 다만 신의 학문이 미천하여 그 장해 하는 기관이 어느 것인지를 모를 뿐이옵니다."

"허허허 …… 두 사람 다 반만 맞힌 것 같다. 과인 역시 중성에 대해서 완전하게 연구한 것은 아니나, 내가 보기에 중성은 입안에서 아무런 장해도 받지 않고 발음된다. 다만 그 소리가 여러 가지로 나오는 이유는 입안에서 취해지는 혀의 다양한 움직임에 의해서인 것이지."

"그렇다면 중성의 자형 역시 혀의 움직임을 본뜨면 능히 이룰 수 있지 않겠사옵니까?"

최항이 진지한 눈빛으로 입을 열었다. 세종은 고개를 내저었다.

"과인도 처음에는 그렇게 생각했느니라. 그런데 그것이 그렇게 쉽질 않아. 혀의 움직임이 어찌나 다양하고 복잡한지 좀처럼 그 움직임을 파악할 수가 없거든."

세종의 용안에 그늘이 깔렸다. 편전 안의 분위기는 무겁게 가라앉았다.

세종은 벽에 부닥친 듯한 심정이었다. 그는 초성 17자를 완성한 이후에 가운뎃소리인 중성을 만들려고 노심초사했다. 초성을 만들 때처럼 혀의 움직임을 자세히 관찰했으나 아무런 소득도 얻지 못했다. 그래서 세종은 집현전 학사들을 불러 여기에 대해 의견을 나누어보려고 한 것이었다. 그런데 그들 역시 아무런 대답을 주지 못하고 있질 않은가!

결국, 그날의 모임은 아무런 결론을 얻지 못한 채 파했다.

세종은 우울했다. 가슴이 터질 듯 답답했다.

문을 열고 밖으로 나왔다. 차가운 바람이 목덜미를 스쳤다. 눈이 내리고 있었다.

'어허, 어느새 겨울이로구나.'

낮게 가라앉은 하늘은 세종의 마음도 아랑곳없이 탐스러운 눈송이를 뿌리고 있었다. 뜰도, 전각의 지붕도, 멀리 바라보이는 관악산의 봉우리도 온통 눈에 덮여 있었다.

세종은 시선을 들어 하늘을 쳐다보았다. 눈이 내리는 하늘은 회색이라기보다 검은 입을 벌리고 있는 하나의 구멍이었다. 그때였다. 세종은 자신의 뇌리를 스치듯 지나가는 하나의 예지에 몸을 부르르 떨었다.

'아!'

세종의 입에서는 저도 모르게 탄성이 터져 나왔다.

"하늘!"

"땅!"

"사람!"

하늘과 땅과 사람. 이것이 무엇인가? 바로 우주를 형성하는 가장 중요한 세 가지 요소가 아닌가! 이것을 옛사람들은 삼재三才라 하여 우주 형성의 근본으로 삼았다.

'내가 왜 이제껏 이것을 생각하지 못했을까.'

세종은 분명 초성 17자를 만들 때 오행의 도에 따라 오음五音을 이루었다. 우주는 음양과 오행의 도에 따라 움직이게 되어있다. 그래서 세종은 다섯 가지 기본음을 오행의 도에서 빌어온 것이 아닌가. 그렇다면 음양의 도 역시 소리와 밀접한 관계를 맺고 있을 것이다. 그 음양의 도가 무엇인가? 그것은 바로 삼재 '천天, 지地, 인人'인 것이다.

하늘은 양陽이요, 땅은 음陰이며, 사람은 중간이다. 이 양과 음이 어우러질 때 비로소 우주는 신묘막측神妙莫測한 조화를 이루어내게 된다.

'사람의 소리 역시 마찬가지일 것이다.'

이렇게 단정한 세종은 부랴부랴 편전으로 되돌아가 이모저모로 가운뎃소리를 발음해 보았다. 역시 가운뎃소리는 크게 세 가지로 구분되었다.

'아 ----'

혀는 오그라지고 소리는 깊다. 모든 소리의 근본이며 맑고 투명하다. 능히 하늘과 견줄 수 있다. 세종은 이 소리야말로 삼재 중 하늘에 해당하는 소리라고 생각했다. 조용히 눈을 감았다. 하늘의 형상을 그려본다. 조금 전 눈 내리던 하늘의 형상이 머릿속에 떠올랐다. 바로 먹을 갈아 붓에 찍었다. 그리고 종이 한가운데 '•'을 그렸다.

이어 세종은 두 번째 소리를 발음해 보았다.

'으 ----'

혀는 조금 오므라지고 소리는 깊지도 않고 얕지도 않다.

포근하며 안정된 느낌을 준다. 능히 땅과 견줄 수 있다. 세종은 다시 눈을 감았다. 땅의 형상을 떠올려 본다. 이번에는 세종의 눈이 금방 떠졌다. 바로 붓을 들어 종이에다 '一'를 그렸다. 대지의 형상이었다.

세종은 만족의 웃음을 지으며 세 번째 음을 토해냈다.

'이 ----'

혀는 오그라지지 않고 소리도 얕다. 어딘지 모르게 가볍고 들뜬 느낌을 준다. 하늘과 땅 사이에 살아가는 사람과 견줄 수 있다. 세종은 더는 생각지 않고 종이에다 'ㅣ'를 그렸다. 사람이 서 있는 모습과 흡사했다. 입가에 미소가 저절로 번졌다.

'천, 지, 인의 세 글자가 완성되었다. 이제부터는 음양의 배합이다!'

세종의 생각은 막힘이 없었다. 여러 가지의 가운뎃소리를 음양의 배합에 따라 그리기로 한 것은 이미 삼재를 떠올릴 때 생각해 놓은 바이다.

'먼저 하늘과 땅이 처음 사귀는 형상을 만들어보자.'

하늘과 땅이 어우러지는 형상은 두 가지밖에 없다. 세종은 먼저 '一' 위에 'ㆍ'를 배합하여 'ㅗ'를 만들고, 다음으로 '一' 아래에 'ㆍ'를 배합하여 'ㅜ'를 만들었다. 'ㅗ'의 소리는 두말할 나위 없이 입을 오므려 내는 〈오〉이고, 'ㅜ' 는 〈우〉이다.

'다음은 하늘과 사람이 사귀는 형상이다.'

이것 역시 두 가지 형상으로 나타난다. 세종은 먼저 사 람의 형상인 'ㅣ'의 오른쪽에 'ㆍ'를 배합하여 'ㅏ'를 만들어 냈고, 이어 'ㅣ'의 왼편에 'ㆍ'를 배합하여 'ㅓ'를 만들어냈다. 'ㅏ'의 소리는 맑고 고운 〈아〉이며, 'ㅓ'의 소리는 음을 상징 하는 〈어〉이다.

세종은 여기서 다시 지금까지의 글자들을 음양에 따라 구분했다.

天[陽(양)] - 「ㅏ」, 「ㆍ」, 「ㅗ」
地[陰(음)] - 「ㅓ」, 「ㅡ」, 「ㅜ」
人   - 「ㅣ」

그런데 어딘지 모르게 세종의 마음은 가볍지 않았다. 무 엇인가가 빠진 듯한 느낌이었다.

'그렇다! 겹친 가운뎃소리는 어찌할 것인가?'

세종은 무릎을 쳤다. 그리고 다시 붓을 들어 글자를 그 리기 시작했다.

'〈야〉는 〈아〉에서 나온 소리이니 'ㅑ'로 하면 될 것이고 〈여〉는 〈어〉에서 나온 소리이니 'ㅕ'로 하면 될 것이다. 또 〈유〉는 〈우〉에서 나온 소리이니 'ㅠ'로 하면 될 것이고, 〈요〉는 〈오〉에서 나온 소리이니 'ㅛ'로 나타내면 될 것이다.'

비로소 세종은 마음이 가벼워졌고, 하늘을 날 듯 기쁨이 용솟음쳤다. 이제 초성인 닿소리글자 17자와 중성인 홀소리글자 11자가 완성된 것이다.

마지막으로 남은 것은 종성인 끝소리뿐이었다. 그러나 세종은 이것을 해결하는 데 그다지 많은 시간을 허비하지 않았다. 모든 만물은 처음 땅에서 태어나서 땅으로 돌아간다고 하는 음양오행의 도에 따라 초성인 닿소리를 그대로 종성으로 삼았던 것이다.

이른바 초성·중성·종성 중에서 종성 글자는 따로 만들지 않고 종성은 다시 초성의 글자를 그대로 사용한다는 규정인 종성부용초성법終聲復用初聲法이 정리되는 순간이었다.

七.
훈민정음을 완성하다

　세종 25년(1443년) 12월 30일.

　세종은 마침내 언문 28자를 만들고 이를 훈민정음訓民正音이라 이름하였으니, 글자 그대로 백성들을 가르치는 바른 글이라는 뜻이다.

　세종은 기뻤다. 심한 안질과 풍질에도 불구하고 수년간의 각고 끝에 그는 결국 〈훈민정음〉 창제라는 기적적인 대위업을 이루었다. 집현전 학사들을 불러놓고 세종은 눈물을 흘렸다. 정인지, 신숙주, 성삼문, 최항 등의 학사들 눈에서도 쉼 없이 눈물이 흘러내렸다.

　"전하 …… 흐흐흑. 경하드리옵니다."

　그들은 가슴이 미어져 입조차 제대로 열 수가 없었다.

"경들의 노고가 없었다면 어찌 이 같은 일이 성취될 수 있었겠는가!"

세종 역시 감격하여 말을 끝까지 이을 수가 없었다.

편전 안은 삽시간에 군신의 흐느낌으로 가득 찼다. 말로 형용할 수 없는 큰 감격이었다.

잠시 후 심기를 진정시킨 세종은 어조를 바꾸어 진지하게 입을 열었다.

"경들은 들어라!"

"예, 전하."

"과인과 경들은 수년간 뼈를 깎는 각고 끝에 결국 새로운 문자 28자를 새로이 만들어 내었다. 그러나 이 글자만으로는 백성들에게 올바른 글을 가르쳐 줄 수가 없다."

"아니, 전하……!"

정인지 등은 너무나 엉뚱한 말에 깜짝 놀라 고개를 들었다. 그러나 세종은 여전히 진지한 표정으로 다음 말을 이었다.

"과인의 진정한 뜻은 글자를 만드는 것에 있지 않고, 모든 백성이 새 글자를 써서 모르는 바를 깨닫고 새로운 지식을 얻게 함에 있는 것이니라."

"……!"

"해서 과인은 새로이 만든 문자의 반포를 뒤로 미루고, 세 가지 일을 더 추진하고자 하느니라."

"세 가지 일이라 하오 시면 무엇무엇을 이름이옵니까?"

정인지가 물었다.

"가장 시급한 것은 새 글자를 만들게 된 동기와 그 사용법 및 원리를 밝혀내야 할 것이니라. 이것을 밝혀내지 않으면 아무리 총명한 사람이라도 새 글자를 자유롭게 쓸 수가 없음이니라. 그러나 용례 및 원리를 자세히 밝혀주면 둔한 사람일지라도 열흘이면 능히 깨우칠 수 있을 것이니라."

"망극하옵니다. 전하!"

정인지는 세종의 깊은 뜻을 깨달았다.

"두 번째는 각 지방마다 다른 방언을 수집하여 하나로 통일하는 일이야. 한 나라의 사람들이 서로 말을 다르게 쓰고 있음은 여간 불편한 일이 아닐 것이다. 따라서 방언을 모아 하나로 통일한다면 백성들이 의견을 소통하는 데 별 불편이 없을 게 아닌가."

순간 집현전 학사들은 고개를 숙이며 감동했다. 세종의 뜻이 거기에까지 미쳐 있을 줄은 몰랐기 때문이었다.

"이 두 가지 일이 완성을 보아야만 과인은 훈민정음을 반포할 예정이니라."

"나머지 하나는 무엇이옵니까?"

신숙주가 세종의 말이 끝나기를 기다렸다가 물었다.

"허허허, 그 일은 꽤 어렵고 힘든 일이니라. 바로 우리나라에서 쓰는 한자음을 우리나라 말로 정리해 보는 것이다. 두 번째 일이 우리나라 말의 음운을 정리하는 것이라면 이 일은 한자음을 정리하는 것이라 할 수 있다. 어떤가, 이 일은 범옹이 해보겠느냐?"

"신명을 다할 것이옵니다."

"허허허, 과인이 훈민정음의 반포를 뒤로 미루는 까닭을 이제야 알겠느냐?"

"망극하옵니다. 전하!"

새해가 밝았다. 세종 26년이다. 그러나 변한 것은 아무것도 없었다. 왕세자가 서정을 대행하는 것도, 세종이 집현전 학사들과 밤을 새워가며 연구에 몰두하는 것도 작년과 조금도 다를 바가 없었다. 오직 변한 게 있다면 세종의 연구 목적이 바뀌었다는 것뿐이다.

세종은 보다 일을 치밀하고 정확하게 하려고 각 학사에게 따로 임무를 부여했다.

먼저 훈민정음의 제작 원리와 해설은 정인지, 신숙주, 성삼문, 최항, 박팽년, 강희안, 이개, 이선로 등 문자 창제에 가담했던 8명의 학사들에게 위임했고, 우리나라 말의 음운과 방언 정리는 신숙주, 최항, 성삼문, 강희안, 조변안, 손수산 등에게 맡겼다.

마지막으로 한자음의 정리는 신숙주, 성삼문, 조변안, 김증, 박팽년, 이개 등에게 맡겨 오랜 시간을 두고 정리하게끔 했다.

이밖에도 세종은 권제, 정인지, 안지 등으로 하여금 선왕들의 공적을 찬양하는 대서사시 《용비어천가》를 언문으로 짓게 하여 새 문자를 시험해 보고자 했다.

그것은 세종의 확고한 의지였다. 만에 하나라도 후일에 이르러 새 문자인 〈훈민정음〉과 또 그것으로 쓰여진 전적들이 가해를 받을지도 모른다는 우려까지를 생각하고 있었던 것이었다. 그럴 경우 왕조의 창업과 선대의 위업을 그린 전적이라면 아무도 손대지 못할 것이라는 생각, 그는 새 문자를 이같이 소중히 여겼던 것이었다.

그러나 세종은 여기서 만족하지 않았다. 될 수 있는 대로 한자로 된 모든 글을 언문으로 바꿔서 사대부는 물론이고 백성들에 이르기까지 조선인들은 누구나 자연스럽게 우리 글자인 훈민정음을 일상화하게 하고 싶었다.

그때 세종에게 묘책이 떠올랐다.

그것은 바로 대궐 안에다 언문청[36]을 신설하여 집현전 학사들로 하여금 《운회》[37]를 언문으로 번역하게 하고 세자와 진양대군, 안평대군에게 그 일을 관장하게 했다.

---

36 諺文廳 조선 세종 25년에서 26년 사이에 창설되어 중종 원년에 없어진 관청의 하나이다. 정음 및 정음에 관계되는 모든 일을 맡아 보던 기관으로, 창설 당시에는 정인지·성삼문·최항·신숙주·박팽년·강희안·이선로 등이 이곳에 종사했다. 정음청(正音廳)이라고도 한다.

37 韻會 원나라 초기 황공소(黃公紹)가 편집한 운서이다. 「고금운회(古今韻會)」(1292 이전)를 그의 제자 웅충(熊忠)이 간략하게 하고, 주석을 더하여 1297년에 30권 10책의 「고금 운회 거요」라는 이름으로 펴냈는데, 이 운서를 줄여서 「운회」라고도 하는데, 고려 중기 과거가 실시된 이후에 사용되었다.

八.
초수리로 행차하다

　세종은 인고의 군왕이었다. 안질과 풍질과 각기에 시달리면서도 결코 굴하지 않고 훈민정음을 창제해냈으며, 음운의 연구까지 게을리하지 않았으니, 역대에 어느 군왕이 이 같은 일을 해내었겠는가?

　그러나 세종도 사람이었다. 모든 일이 순조롭게 나가자 그간 쌓였던 피로와 긴장이 한꺼번에 풀리면서 안질이 극도로 심해진 것이었다. 앞이 가물거리고 눈자위가 벌겋게 충혈되었다. 세종은 더는 견디지 못하고 자리에 눕고 말았다.

　세종의 환후가 깊어졌다는 소식을 듣자마자 왕세자는 부리나케 대전으로 달려갔다.

"아바마마, 그간의 피로가 겹친 탓이옵니다. 옥체를 보전하시오소서. 훈민정음도 완성되질 않았사옵니까?"

세종은 지친 듯 등받이에 기대앉아 세자를 바라보았다.

"세자! 훈민정음이 비록 이루어지긴 하였으되, 이를 어찌 완벽한 문자라고 할 수 있겠느냐? 더욱더 갈고 다듬어야 할 터인즉, 음운 연구가 마저 끝나면 편히 쉴 것이니라. 넉넉하게 잡고 삼 년 정도면 훈민정음에 대한 해석과 음운이 정리될 것이니 너무 마음 쓰지 않도록 하라."

"아바마마, 그때 쉬시오면 너무 늦을 것이옵니다. 소자가 듣사오니 청주의 초정 약수가 안질에 신효하다 하옵니다. 초수리椒水里에 납시어 휴양하심이 옳을 것이옵니다."

"세자는 아비 걱정은 말고 바른 정사를 펴나가는 데 힘써야할 것이야."

세종은 희미하게 웃음을 지었다.

그때 중전 공비가 들어왔다. 그 뒤로 김상궁이 탕제 소반을 들고 따라 들어왔다.

"전하, 탕제 드시오소서."

"중전의 번거로움이 큽니다."

세종은 공비가 올리는 탕제를 받아 마셨다. 공비의 눈가에 이슬이 촉촉이 맺힌다.

"전하, 신첩에게 소원이 하나 있사옵니다. 거두어주시오소서."

"허허허, 중전의 소원이라면 마땅히 거두어야지요. 어서 말씀해 보세요."

"꼭 거두어주신다고 확약해 주시오소서."

"거두다마다요. 말씀이나 해보세요. 중전!"

세종은 중전의 어린애 같은 모습에 절로 웃음이 나왔다.

"전하, 청주의 초수리로 납시어 휴양을 해주시오소서. 이것이 신첩의 소원이옵니다."

세종은 말없이 공비와 세자의 얼굴을 번갈아 보았다. 공비가 내친김에 나머지 말을 계속 이었다.

"이젠 받들기조차 민망하옵니다. 옥체의 보전이 없이는 아무리 큰 뜻이라도 이루어지지 않을 것이옵니다. 전하께서는 만백성들을 위하여 배우기 쉽고 쓰기 쉬운 새 문자를 만드셨사옵니다. 아직 반포는 하지 않으셨지만, 옥체 또한 소홀히 해서는 아니 될 것으로 아옵니다. 정녕 전하께서 새 문자를 일찍 중외에 반포하시려면 먼저 옥체가 보전되어야 할 것이옵니다. 신첩의 소망을 거두어주시오소서."

세종은 공비의 애끊는 간청에 잠시 생각에 잠겼다가 고개를 끄덕였다.

"알겠습니다. 중전의 간청에 따라 청주의 초정 약수터로 가겠습니다. 대신 조건이 하나 있습니다."

"하교해 주시오소서."

공비는 내심 긴장했다.

"중전도 세자도 같이 갑시다."

"성은이 망극하옵니다."

뜻밖의 자상한 말에 공비는 목이 메었다. 세자 또한 고개를 깊이 떨구었다. 세종은 그윽한 눈길로 공비를 바라보다가 천천히 세자에게로 시선을 돌렸다.

"세자는 들으라."

"예, 아바마마."

"지금 곧 집현전에 기별하여 모든 전적과 훈민정음에 대한 자료들을 청주 초수리로 옮기라 이르고 학사들도 따르게 하라."

세자는 깜짝 놀랐다.

"아바마마, 요양하러 가시는데 집현전 학사들을 대동하시다니요."

"하루라도 음운 연구를 하지 않으면 훈민정음의 반포가 그만큼 늦어진다는 것을 세자는 모르고 있는가?"

세종의 옥음은 결의에 차 있었다. 세자는 세종의 마음

을 돌이킬 수 없음을 깨달았다.

"분부 거행하겠사옵니다."

세종은 조용히 일어나 밖으로 나가려던 세자를 불러세웠다.

"다만 세자와 집현전 학사들이 함께 가더라도 초수리의 백성들에게는 피해가 가지 않도록 각별히 호종들을 단속하라고 명을 해두어야 할 것이니라."

이 순간에도 세종은 무엇보다도 백성들의 불편을 먼저 생각하고 있었던 성군이었다.

세자는 비로소 아바마마의 당부를 가슴 깊이 새기고 편전을 나섰다.

정전 앞뜰에는 여기저기서 진달래와 개나리가 시새움하듯 앞다퉈 꽃봉오리를 터뜨리고 있었다. 완연한 봄이었다.

九.
언문 창제 반대 상소를 올리다

 청주 초정 약수터로 요양을 떠나기로 결심한 다음 날, 세종은 집현전 학사들을 언문청으로 들라 명했다.
 집현전 부제학 최만리를 비롯하여 직제학 신석조, 직전 김문, 교리 최항, 부교리 박팽년, 하위지, 응교 정창손, 부수찬 신숙주 등은 무슨 일인가 싶은 궁금증을 품은 채 말없이 집현전으로 들어섰다. 다행스럽게도 친림해 있던 세종의 용안은 밝았다. 환후 중에 있는 임금의 용안이 밝으면 입시해 있는 신료들의 마음도 가벼워지게 마련이다.
 '휴양하러 가신다 더니.'
 신료들은 한결같이 이렇게 생각했다. 그동안 깊은 환후에 시달려 온 전하가 아니시던가! 학사들은 따뜻한 시선들을 주고받으며 자리에 앉았다.

세종은 온화한 웃음을 담은 용안으로 옥음을 내린다.

"과인이 오늘 경들을 부른 것은 다름이 아니라 경들에게 몇 가지 하달할 것이 있어서이다. 내 지난번에 언문청을 설치하여 몇몇 학사들에게 운회를 언문으로 번역하게 하였는데, 다시 곰곰이 생각해 보니 운회 외에도 번역할 서적이 더 남아 있음이야. 그중 가장 서둘러야 할 것이 바로 《삼강행실도》이다. 과인이 《삼강행실도》를 편찬케 한 것은 백성들에게 충신, 효자, 열녀의 예를 널리 알리기 위함이었는데, 그것을 쓴 글이 한자인 까닭으로 백성들이 쉽게 깨닫지 못하고 있는 것 같다. 내가 만일 《삼강행실도》를 언문으로 번역하여 백성들에게 반포하면, 어리석은 남녀가 모두 쉽게 깨달아 충신, 효자, 열녀를 배우고 숭앙할 것이 아니겠는가? 해서 내 경들에게 이르노니, 운회의 번역을 맡은 학사들은 그대로 일을 진척시키되, 당분간 다른 모든 전적을 청주 초수리의 행재소로 옮기도록 하라."

이미 세자에게서 세종의 요양 계획을 들었기 때문에 신숙주, 박팽년 등은 별 의문 없이 머리를 조아렸다.

"분부 거행하겠사옵니다. 전하!"

"그리고 직전 김문과 응교 정창손은 《삼강행실도》를 언문으로 번역하여 올리도록 하라. 번역이 끝나는 대로 인출하여 모든 백성에게 읽게 하리라."

세종이 김문과 정창손의 이름을 거론하자 다른 학사들의 시선이 모두 그들에게로 쏠렸다. 뜻밖의 인물이 선정되었기 때문이었다. 두 사람 모두 새 문자 창제를 반대해 오던 사람이 아니던가. 언문청 안은 잠시 형용할 수 없는 묘한 분위기가 에워쌌다.

정창손鄭昌孫은 본관이 동래東萊이고 자는 효중孝仲이며 호는 동산東山, 시호는 충정忠貞이다. 아버지는 중추원사 정흠지鄭欽之이다. 조선국 승문원 예하 부정자·조선국 의정부 영의정 겸 섭정승 등을 지낸 조선 시대 전기의 문신, 언어학자, 유학자이다. 집현전 학사의 한사람이었으며 훈민정음 창제 당시 훈민정음에 반대한 집현전 학사의 한 사람이었다. 세종 때 문과에 급제하여 집현전 학사가 되었고, 1449년 부제학으로 춘추관 편수관, 수사관을 겸직하며 《고려사》, 《고려사절요》, 《세종실록》, 《치평요람》 편찬에 참여하고 세 번 과거에 합격했다. 1443년 집현전교가 되었는데 재직 중인 이듬해 훈민정음의 제정을 반대하다가 파직, 투옥되었다가 풀려났고 1446년에는 세종이 불경

을 간행하려 하자, 왕실의 불교 숭상을 강력히 반대하다
다시 좌천되었다.

계유정난과 세조 반정에 협력하였으며, 사위인 김질이
사육신과 세조 제거에 가담한 것을 설득하여 고변하게
했다.

아니나 다를까, 학사들의 마음속에 싹트고 있던 불안이
마침내 현실로 드러나기 시작했다. 응교 정창손이 결연히
아뢴다.

"전하, 아뢰옵기 황공하오나 신은 《삼강행실도》를 언문
으로 번역할 필요가 없다고 사료되옵니다."

뜻밖의 말에 세종은 깜짝 놀랐다.

"아니, 그게 무슨 소리냐?"

정창손은 여전히 당당하게 자신의 생각을 밝혔다.

"전하, 《삼강행실도》가 간행된 후에 충신, 효자, 열녀의
무리가 나옴을 볼 수 없는 것은 사람이 행하고 행하지 않
는 것이 그 사람의 성품 여하에 달려 있기 때문이옵니다.
어찌 꼭 언문으로 번역한 후에야 본받는다고 하겠사옵니
까. 더구나 언문은 사대모화에 어긋나는 문자이옵니다.
통촉하여 주시오소서."

순간 학사들의 얼굴이 삽시간에 사색이 되었다. 세종 역시 분노의 기색을 감추지 못했다.

"너는 지금 무슨 말을 하는 것이냐? 그따위 말이 어찌 선비의 입에서 나올 수 있다는 게야! 너 같은 자야말로 아무짝에도 쓸데없는 용속한 것이로다."

"……!"

세종의 진노에 모든 학사는 몸 둘 바를 몰라 했고, 장본인 정창손은 전신을 부들부들 떨며 이마에선 구슬땀이 흘러내렸다. 화기가 넘쳐흐르던 언문청의 분위기가 삽시간에 살벌하게 변해 버렸다.

세종의 노기는 좀처럼 가라앉지 않았다. 턱 밑 살을 꿈틀거리며 직전 김문을 향해 하문한다.

"너도 《삼강행실도》를 언문으로 번역할 필요가 없다고 생각하느냐?"

김문은 본시 줏대가 없고 남의 비위를 잘 맞추는 위인이었다.

김문金汶은 본관이 언양彦陽이고 자는 윤보潤甫이며 호는 서헌西軒이다. 아버지는 김복생金復生이며, 어머니는 무당이었다고 한다. 가난한 집안에서 태어났으며, 사람들은

'그의 어머니가 무당 노릇을 하여 감악사에서 먹고 지냈다'라고 하였다. 어려서부터 학문을 즐겨 하여, 1419년에 문음으로써 천거되었으며 1년 후 1420년 식년 문과에 급제하여 성균관에 들어갔다. 이후 집현전 수찬이 되었고, 1435년 주부에 임명되었다. 집현전 부교리에 임명된 뒤, 세종의 명으로 이계전과 함께 《자치통감》, 《자치통감강목》의 훈의를 찬술하였다. 김문은 훈민정음의 제작에 대하여 처음에는 긍정적인 견해를 피력했으나, 1444년 당시 직집현전으로서 집현전 부제학 최만리 등이 올린 상소에 이름을 올려서 문자 창제의 불가함을 주장하는 편에 섰다. 이에 최만리 등과 함께 의금부에 보내졌다가 석방되었다. 다만, 김문은 제작 가능에서 불가로 말을 바꾼 것에 대한 처벌을 받았다. 그 후 집현전 직제학으로 승진되었고, 《의방유취醫方類聚》의 편찬에 참여하여 1445년 완성하였다. 1448년, 세종의 명으로 사서四書를 번역하여 그 공으로 승급하여 발탁이 예상되었으나 중풍으로 갑자기 사망하였다.

김문 역시 정창손과 마찬가지로 새 문자 창제를 반대해 오던 보수파였으나, 세종의 준엄한 하문에 그는 황겁해서 대답한다.

"아니옵니다. 전하. 신은 《삼강행실도》가 언문으로 번역되어야 한다고 생각되옵니다."

그의 음성은 누가 들어도 떨리고 있었다. 그는 너무나 겁에 질려 있는 까닭으로 보수파의 우두머리격인 부제학 최만리의 날카롭고 차가운 눈초리를 의식하지 못했다.

세종은 김문의 긍정적인 대답에 다소 노기를 가라앉히며 말을 이었다.

"그렇다면 너 혼자서라도 《삼강행실도》를 언문으로 번역하여라. 언문을 업신여기는 자에게 굳이 번역을 맡기지는 않으리라!"

말을 마치자 세종은 결연히 일어나 언문청을 나가버리고 만다. 그 뒤를 최항, 박팽년, 신숙주, 이개 등이 따라 나갔다.

언문청에는 문자 창제를 반대해 오던 보수파들만이 남아 침통한 표정으로 서로의 얼굴을 바라보고 있었다. 정창손은 아직까지 사색이 되어 진땀을 흘리고 있었고, 김문은 다른 사람들의 눈길을 피해 고개를 숙이고 있었다.

이윽고 최만리가 땅이 꺼지라고 한숨을 내쉬며 탄식했다.

"어허! 이거 야단났소이다. 정학사의 신상이 위태롭게 되질 않았소이까?"

"그러게 말입니다. 정학사 뿐만 아니라 집현전까지 아예 결딴이 난 셈입니다. 유학을 숭상하고 성리에 몰두해야 할 집현전이 엉뚱하게 언문을 연구하는 곳으로 바뀌지를 않았습니까."

직제학 신석조가 최만리의 말을 받아 개탄했다.

신석조辛碩祖는 본관이 영산靈山이고 초명은 신석견辛石堅이다. 자는 찬지贊之이고 호는 연빙당淵氷堂이며 시호는 문희文僖이다. 아버지는 병조판서 신인손辛仁孫이다. 1426년(세종 8) 생원시에 일 등으로 합격하고 같은 해 식년 문과에 병과로 급제하여 집현전 저작랑에 제수되었으며, 곧바로 권채·남수문 등과 함께 사가독서에 선발되었다. 이후 직제학·우사간·부제학 등을 지냈다. 1452년(문종 2) 《세종실록》을 시찬하였으며, 이듬해 이조참의가 되었다. 1456년(세조 2) 공조참판 때에 정조사로 명나라에 다녀와서 이조참판·대사헌·중추원사·경기도 관찰사를 지냈으며, 1459년 한성부윤을 거쳐 개성 유수로 있을 때 죽었다. 성품이 온순, 근엄하며 학문에 뛰어나고 문장이 능하였으며, 《의방유취》·《경국대전》 편찬에도 참여하였다.

“그런데 김학사!”

“예, 전하.”

“김학사는 정녕 언문이 쓸 만한 글이라고 보시는가?”

“……”

김문은 얼굴을 붉힌 채 대답을 하지 못했다. 신석조는 더욱 눈살을 찌푸리며 추궁하듯 다시 물었다.

“어째서 대답을 못하는 게야? 언문이 쓸만한 글이냐니까? 아니면 화를 모면하려고 일부러 거짓 대답을 한 것인가?”

“면목이 없습니다. 저도 모르게 그만…… 전하의 진노가 하도 크시기에 마음에도 없는 말을 하고 말았소이다.”

“잠깐, 그만해두세요. 지금은 김학사의 잘잘못을 따질 때가 아닙니다.”

최만리가 두 사람의 사이를 가로막고 나섰다.

최만리崔萬理는 본관이 해주海州이고 자는 자명子明이며 호는 강호산인江湖散人으로 시호는 공혜恭惠이다. 해주 최씨의 시조인 해동공자 최충의 12대 후손이고, 최하崔荷의 아들이다. 생원시에 합격한 뒤 1419년(세종 1년) 증광 문과에 을과로 급제하여 관직에 나갔으며, 홍문관과 집현전에서 오래 근무하였다. 1427년 3월 교리로서 문과중시에 급제하였고, 그해 7월에 응교에 올랐으며, 1437년 직제학, 1438년 부제학, 1439년 강원도 관찰사, 1440년 집현전 부제학으로 복귀하였다. 부정과 타협을 모르는 깨끗한 관원으로서 일관하였으며 진퇴가 뚜렷하였다. 그는 집현전의 실무책임자인 부제학으로서 14차에 걸쳐 상소를 올렸다. 그 중 불교 배척 상소가 6회, 첨사원 설치반대 상소가 3회로서 그 대부분을 차지하고 있다. 그 밖에 일본과의 교역에서 석류황의 대가를 지나치게 후하게 지급한 것에 대한 책임추궁, 진사시에서 시의 출제법이 잘못됨을 지적한 것, 그리고 이적의 사형 결정이 모호하다고 감형을 주장한 것과 사직상소가 있다. 특히 조선 전기의 명신으로 청백리로 녹선되었으나, 1444년에 그는 집현전의 중진학사들과 함께 훈민정음 창제의 불필요성, 훈민정음의 무용론을 주장하면서 사대주의적 성향이 짙은 훈민정음 창제 반대 상소를 올렸는데, 이 상소문 때문에 친국을 받고 다음 날 석방, 복직되었으나 사직하고 고향으로 돌아가 여생을 마쳤다.

"잘잘못을 따지자는 것이 아닙니다. 김학사의 대답 한마디로 정학사의 신상이 위태롭게 돼서 이러는 겁니다."

"압니다. 하지만 지금 이 자리에서 그걸 논한다고 하여 정학사의 신상이 안전하게 되는 건 아니질 않소. 내가 보기에 김학사는 얼떨결에 그렇게 대답을 한 모양이오. 그러니 그 일은 여기서 접어두고 정학사를 구할 방도를 생각해 봅시다."

"무슨 수로 정학사를 구합니까. 주상전하의 진노가 그처럼 큰 적은 내 처음 보았소이다."

신석조가 심드렁하니 말했다. 그의 시선은 여전히 김문의 얼굴에 가 꽂혀 있었다.

최만리는 손을 내저어 신석조의 그러한 시선을 거두어 들이게 한 후 입을 열었다.

"내게 좋은 생각이 있소이다."

"좋은 생각이라니요?"

"문자 창제를 반대해 오던 학사들을 규합하여 연명으로 상소를 올리기로 합시다. 이 일은 꼭 정학사만을 위해서가 아니라, 우리 집현전을 위해서도 해야 할 일이오. 한자가 버젓이 있는데 언문을 사용한다는 것은 사대모화에 크게 어긋나는 일이 아니오? 또 백성이란 자고로 무식해야 다스리기 쉬운 법입니다. 만일 그들이 학문을 알고 시운을 읊는다면 농사는 누가 짓고 교역은 누가 하겠소? 우리에게는 이러한 대의명분이 있습니다."

"그것참 묘책입니다."

최만리의 제안에 보수파 학사들은 크게 기뻐했다.

"김학사는 어찌하시려오?"

신석조가 차갑게 물었다. 김문은 더듬거리며 대답한다.

"저 때문에 정학사의 신상이 위태롭게 되었습니다. 저도 그 상소문에 서압을 하겠습니다."

"하하하, 이제 됐습니다. 김학사는 역시 우리의 동지입니다. 그럼 오늘 밤 초경에 우리 집에서 만납시다. 내 상소문의 초안을 써놓고 기다리겠습니다."

"좋습니다. 그럼 이따가 뵙겠습니다."

세종이 새 문자를 창제하는 동안 사대모화에 철저하게 젖어 있는 보수파 학사들은 반대 의사를 표명하지 않은 채 그 과정을 지켜보고 있었다. 왜냐하면, 문자의 창제란 쉽사리 이루어지지 않을 것이라는 사실을 믿고 있었고, 설사 완성이 된다고 할지라도 반포와 사용을 반대해도 늦지 않을 것이기 때문이었다.

그러나 세종이 친히 연구하고 주도한 새 문자는 완성이 되었고, 반포는 하지 않았다고 해도 한자로 된 전적들을 번역하기에 이르자 정창손이 반대 의사를 표시해 보았다가 세종의 진노를 사게 된 것이었다.

이런 사정 아래서 최만리는 훈민정음의 반포와 사용을 반대하는 상소를 초해 갔다. 그의 문장은 도도했고 논리는 빈틈이 없었다. 최만리의 집에 모여든 보수파 학사들은 최만리가 쓴 반대 상소에 흡족해했다.

"됐습니다. 아주 흡족하오이다."

먼저 신석조가 찬사를 아끼지 않았다.

"좀 과격하지 않은가 모르겠어요."

최만리가 조금은 우려했다. 자신이 읽어도 과격한 곳이 눈에 띄었기 때문이었다.

"과격할 게 무에 있습니까? 틀린 말은 하나도 없어요. 이쯤은 되어야 주상전하께서도 우리의 뜻을 가납해 주실 것이에요."

보수파 학사들은 그제야 낯빛을 풀고 최만리의 집을 나섰다.

다음날 부제학 최만리를 비롯한 직제학 신석조, 직전 김문, 응교 정창손, 부교리 하위지, 부수찬 송처검, 저작랑 조근 등 보수파 학사 일곱 명은 장문의 상소문을 지니고 편전으로 들었다.

세종은 최만리 등이 상소를 올린다는 말에 이맛살을 찌푸렸다. 무슨 내용인지 뻔했기 때문이었다. 그러나 세종은 성품이 용렬하지 않았다. 그들의 상소를 받아 읽기 시작한 것이다.

최만리가 초한 이 언문(훈민정음) 창제 반대의 상소문은 당시의 유림과 학자들의 사상을 잘 나타내주고 있는 까닭으로 그 전문을 모두 살펴볼 필요가 있다.

신 등이 엎드려 보옵건대, 언문을 제작하신 일이 지극히 신묘하시와, 만물을 창조하시고 지혜를 운전하심이 천고에 뛰어나시오나 신 등의 구구한 좁은 소견으로는 오히려 의심되는 것이 있사와 감히 간곡한 정성을 펴서 삼가 뒤에 열거하오니, 엎디어 성스러운 재결을 내려주시옵기를 바라옵니다.

一. 우리 조선은 조종 때부터 지성스럽게 대국을 섬기어 한결같이 중화의 제도를 따랐습니다. 이제 글을 같이 하고 법도를 같이 하는 때를 당하여 언문을 창제하신 것은 보고 듣는 이를 놀라게 하신 일입니다. 혹자는 말하기를,
'언문은 모두 옛 글자를 본뜬 것이므로 새로 된 글자가

아니다.'라고 합니다. 하지만 글자의 형상이 비록 옛날의 전문篆文을 모방하였을지라도 음을 쓰고 글자를 합하는 것은 모두 옛것에 반대되니 실로 의거할 데가 없사옵니다. 만일 중국에라도 흘러 들어가서 혹시라도 비난하여 말하는 자가 있사오면, 어찌 대국을 섬기고 중화를 사모하는 데에 부끄러움이 없사오리까.

一. 예로부터 구주[38]의 안에 풍토는 비록 다르오나 지방의 말에 따라 따로 문자를 만든 것이 없사옵고, 오직 몽고·서하·여진·일본과 서번의 종류가 각기 그 글자가 있되, 이는 모두 이적의 일이므로 족히 말할 것이 없사옵니다. 옛 글에 말하기를, '화하를 써서 이적을 변화시킨다.' 하였고, 화하가 이적으로 변한다는 것은 듣지 못하였습니다. 역대로 중국에서 모두 우리나라는 기자의 남긴 풍속이 있다 하고, 문물과 예악을 중화에 견주어 말하기도 하는데, 이제 따로 언문을 만드는 것은 중국을 버리고 스스로 이적

---

38 九州 고대 중국의 행정구역으로 기주(冀州), 연주(兗州), 청주(青州), 서주(徐州), 양주(揚州), 형주(荊州), 예주(豫州), 양주(梁州), 옹주(雍州)를 말한다.

과 같아지려는 것으로서, 이른바 소합향[39]을 버리고 당랑환[40]을 취함이오니, 어찌 문명의 큰 흠절이 아니오리까.

一. 신라 설총의 이두는 비록 야비한 이언이오나, 모두 중국에서 통행하는 글자를 빌어서 어조에 사용하였기에, 문자가 원래 서로 분리된 것이 아니므로, 비록 서리나 복예의 무리에 이르기까지라도 반드시 익히려 하면, 먼저 몇 가지 글을 읽어서 대강 문자를 알게 된 연후라야 이두를 쓰게 되옵는데, 이두를 쓰는 자는 모름지기 문자에 의거하여야 능히 의사를 통하게 되기 때문에, 이두로 인하여 문자를 알게 되는 자가 자못 많사오니, 또한 학문을 흥기시키는 데에 한 도움이 되었습니다. 만약 우리나라가 원래부터 문자를 알지 못하여 결승[41]하는 세대라면 우선 언문을 빌어서 한때의 사용에 이바지하는 것은 오히려 가할 것입니다. 그래도 바른 의논을 고집하는 자는 반드시 말하기

---

39 蘇合香 옛날 소합국(蘇合國)에서 생산되었기 때문에 붙여진 이름이라고 전하는데, 정신을 맑게 하고 혈액순환을 촉진하므로 중풍, 흉복부 통증, 협심증, 관상동맥질환 등에 사용한다. 벌레에 물렸을 때, 기관지천식, 만성기관지염 등에도 쓰이며 각종 피부질환에 외용된다.
40 蜣螂丸 소똥이나 말똥을 먹고 사는 풍뎅이가 식량으로 저장하기 위해 굴려 만든 덩어리.
41 結繩 끈을 맺는 방법으로 의견을 교환하고 사물의 기억을 하게 하는 것.

를, '언문을 시행하여 임시방편을 하는 것보다는 차라리 더디고 느릴지라도 중국에서 통용하는 문자를 습득하여 길고 오랜 계책으로 삼는 것만 같지 못하다.'라고 할 것입니다. 하물며 이두는 시행한 지 수천 년이나 되어 부서[42]나 기회[43] 등의 일에 방애 됨이 없사온데, 어찌 예로부터 시행하던 폐단 없는 글을 고쳐서 따로 야비하고 상스러운 무익한 글자를 창조하시나이까. 만약에 언문을 시행하오면 관리된 자가 오로지 언문만을 습득하고 학문하는 문자를 돌보지 않아서 이원이 둘로 나누어질 것이옵니다. 진실로 관리 된 자가 언문을 배워 통달한다면, 후진이 모두 이러한 것을 보고 생각하기를, 27자의 언문으로도 족히 세상에 입신할 수 있다고 할 것이오니, 무엇 때문에 고심노사苦心勞思하여 성리의 학문을 궁리하려 하겠습니까.

이렇게 되오면 수십 년 후에는 문자를 아는 자가 반드시 적어져서, 비록 언문으로써 능히 이사를 집행한다고 할지라도, 성현의 문자를 알지 못하고 배우지 않아서 담을 대하는 것처럼 사리의 옳고 그름에 어두울 것이오니, 언문에

---

42 簿書 관의 장부와 문서.
43 期會 회계와 관련하여 기한을 맞추는 것.

만 능숙한들 장차 무엇에 쓸 것이옵니까. 우리나라에서 오래 쌓아 내려온 우문[44]의 교화가 점차로 땅을 쓸어버린 듯이 없어질까 두렵습니다. 전에는 이두가 비록 문자 밖의 것이 아닐지라도 유식한 사람은 오히려 야비하게 여겨 이문으로써 바꾸려고 생각하였는데, 하물며 언문은 문자와 조금도 관련됨이 없고 오로지 시골의 상말을 쓴 것이겠습니까. 가령 언문이 전조 때부터 있었다 하여도 오늘의 문명한 정치에 변로지도[45]하려는 뜻으로서 오히려 그대로 물려받을 수 있겠습니까. 반드시 고쳐 새롭게 하자고 의논하는 자가 있을 것으로서 이는 환하게 알 수 있는 이치이옵니다. 옛것을 싫어하고 새것을 좋아하는 것은 고금에 통한 우환이온데, 이번의 언문은 새롭고 기이한 한 가지 기예에 지나지 못한 것으로서, 학문에 방해됨이 있고 정치에 유익함이 없으므로, 아무리 되풀이하여 생각하여도 그 옳은 것을 볼 수 없사옵니다.

一. 만일에 말하기를, '형살에 대한 옥사 같은 것을 이두

---

44 右文 학문을 숭상함.
45 變魯至道 선왕의 유풍만 있고 행하여지지 않던 노나라를 변하여 도에 이르게 한다는 뜻. 즉 선왕의 유풍을 버려서라도 도에 이르게 한다는 뜻.

문자로 쓴다면, 문리를 알지 못하는 어리석은 백성이 한 글자의 착오로 혹 원통함을 당할 수도 있겠으나, 이제 언문으로 그 말을 직접 써서 읽어 듣게 하면, 비록 지극히 어리석은 사람일지라도 모두 다 쉽게 알아들어서 억울함을 품을 자가 없을 것이라.' 하오나, 예로부터 중국은 말과 글이 같아도 옥송 사이에 원왕[46] 한 것이 심히 많습니다. 가령 우리나라로 말하더라도 옥에 갇혀 있는 죄수로서 이두를 해득하는 자가 친히 초사[47]를 읽고서 허위인 줄을 알면서도 매를 견디지 못하여 그릇 항복하는 자가 많사오니, 이는 초사의 글 뜻을 알지 못하여 원통함을 당하는 것이 아님이 명백합니다. 만일 그러하오면 비록 언문을 쓴다고 할지라도 무엇이 이보다 다르오리까. 이것은 형옥의 공평하고 공평하지 못함이 옥리의 어떠하냐에 있고, 말과 문자의 같고 같지 않음에 있지 않은 것을 알 수 있으니, 언문으로써 옥사를 공평하게 한다는 것은 신 등은 그 옳은 줄을 알 수 없사옵니다.

一. 무릇 사공을 세움에는 가깝고 빠른 것을 귀하게 여

---

46 冤枉 억울하게 잘못됨.
47 招辭 예전에, 죄를 지은 사람이 저지른 죄를 자세히 이야기하는 일.

기지 않사온데, 국가가 근래에 조치하는 것이 모두 빨리 이루는 것을 힘쓰니, 두렵건대, 정치하는 체제가 아닌가 하옵니다. 만일에 언문은 할 수 없어서 만드는 것이라 한다면, 이것은 풍속을 변하여 바꾸는 큰일이므로, 마땅히 재상으로부터 아래로는 백료에 이르기까지 함께 의논하되, 나라 사람이 모두 옳다 하여도 오히려 선갑후경先甲後庚하여 다시 세 번을 더 생각하고, 제왕에 질정하여 어그러지지 않고 중국에 상고하여 부끄러움이 없으며, 백 세라도 성인을 기다려 의혹 됨이 없는 연후라야 이에 시행할 수 있는 것이옵니다. 이제 넓게 여러 사람의 의논을 채택하지도 않고 갑자기 이배 십여 인으로 하여금 가르쳐 익히게 하며, 또 가볍게 옛사람이 이미 이룩한 운서를 고치고 근거 없는 언문을 부회하여 공장 수십 인을 모아 각본 하여서 급하게 널리 반포하려 하시니, 천하 후세의 공의에 어떠하겠습니까. 또한, 이번 청주 초수리에 거동하시는 데도 특히 연사가 흉년인 것을 염려하시어 호종하는 모든 일을 힘써 간략하게 하셨으므로, 전일에 비교하오면 열에 여덟 아홉은 줄어들었고, 계달하는 공무에 이르러도 또한 의정부에 맡기시어, 언문 같은 것은 국가의 급하고 부득이하게 기한에 미쳐야 할 일도 아니온데, 어찌 이것만은 행재에서 급급하게 하시어 성궁을 조섭하시는 때에 번거롭게 하시나이까. 신 등은 더욱 그 옳음을 알지 못하겠나이다.

一. 선유가 이르기를, '여러 가지 완호는 대개 지기를 빼앗는다.' 하였고, '서찰에 이르러서는 선비의 하는 일에 가장 가까운 것이나, 외곬으로 그것만 좋아하면 또한 자연히 지기가 상실된다.' 하였습니다. 이제 동궁께서 비록 덕성이 성취되셨다 할지라도 아직은 성학에 잠심하시어 더욱 그 이르지 못한 것을 궁구해야 할 것입니다. 언문이 비록 유익하다고 이를지라도 특히 문사의 육예의 한 가지일 뿐이옵니다. 하물며 만에 하나도 정치하는 도리에 유익 됨이 없사온데, 정신을 연마하고 사려를 허비하며 날을 마치고 때를 옮기시오니, 실로 시민[48]의 학업에 손실되옵니다. 신 등이 모두 문묵의 보잘것없는 재주로 시종에 대죄하고 있으므로, 마음에 품은 바가 있으면 감히 함묵할 수 없어서 삼가 폐부를 다 하와 우러러 성총을 번독하나이다.

臣等伏覩諺文制作 至爲神妙 創物運智 敻出千古 然以臣

---

48 時敏 항상 스스로 노력하다.

等區區管見 尙有可疑者 敢布危懇 謹疏于後 伏惟聖裁

一, 我朝自祖宗以來 至誠事大 一遵華制 今當同文同軌之時 創作諺文 有駭觀聽 儻曰諺文皆本古字 非新字也 則字形雖倣古之篆文 用音合字 盡反於古 實無所據 若流中國 或有非議之者 豈不有愧於事大慕華

一, 自古九州之內 風土雖異 未有因方言而別爲文字者 唯蒙古 西夏 女眞 日本 西蕃之類 各有其字 是皆夷狄事耳 無足道者 傳曰 用夏變夷 未聞變於夷者也 歷代中國皆以我國有箕子遺風 文物禮樂 比擬中華 今別作諺文 捨中國而自同於夷狄 是所謂棄蘇合之香 而取螗螂之丸也 豈非文明之大累哉

一, 新羅 薛聰吏讀 雖爲鄙俚 然皆借中國通行之字 施於語助 與文字元不相離 故雖至胥吏僕隷之徒 必欲習之 先讀數書 粗知文字 然後乃用吏讀 用吏讀者 須憑文字 乃能達意 故因吏讀而知文字者頗多 亦興學之一助也 若我國 元不知文字如結繩之世 則姑借諺文 以資一時之用猶可 而執正議者必曰 與其行諺文以姑息 不若寧遲緩而習中國通行之文字 以爲久長之計也 而況吏讀行之數千年 而簿書期會等事 無有防礙

者 何用改舊行無弊之文 別創鄙諺無益之字乎 若行諺文 則
爲吏者專習諺文 不顧學問文字 吏員岐而爲二 苟爲吏者以諺
文而宦達 則後進皆見其如此也 以爲 二十七字諺文 足以立
身於世 何須苦心勞思 窮性理之學哉 如此則數十年之後 知文
字者必少 雖能以諺文而施於吏事 不知聖賢之文字 則不學墻
面 昧於事理之是非 徒工於諺文 將何用哉 我國家積累右文
之化 恐漸至掃地矣 前此吏讀 雖不外於文字 有識者尙且鄙之
思欲以吏文易之 而況諺文與文字 暫不干涉 專用委巷俚語者
乎 借使諺文自前朝有之 以今日文明之治 變魯至道之意 尙肯
因循而襲之乎 必有更張之議者 此灼然可知之理也 厭舊喜新
古今通患 今此諺文不過新奇一藝耳 於學有損 於治無益 反
覆籌之 未見其可也

一, 若曰如刑殺獄辭 以吏讀文字書之 則不知文理之愚民
一字之差 容或致冤 今以諺文直書其言 讀使聽之 則雖至愚
之人 悉皆易曉而無抱屈者 然自古中國言與文同 獄訟之間
冤枉甚多 借以我國言之 獄囚之解吏讀者 親讀招辭 知其誣
而不勝棰楚 多有枉服者 是非不知招辭之文意而被冤也明矣
若然則雖用諺文 何異於此 是知刑獄之平不平 在於獄吏之如
何 而不在於言與文之同不同也 欲以諺文而平獄辭 臣等未見

其可也

一, 凡立事功 不貴近速 國家比來措置 皆務速成 恐非爲治
之體 儻曰諺文不得已而爲之 此變易風俗之大者 當謀及宰相
下至百僚國人 皆曰可 猶先甲先庚 更加三思 質諸帝王而不悖
考諸中國而無愧 百世以俟聖人而不惑 然後乃可行也 今不博
採群議 驟令吏輩十餘人訓習 又輕改古人已成之韻書 附會無
稽之諺文 聚工匠數十人刻之 劇欲廣布 其於天下後世公議何
如 且今淸州椒水之幸 特慮年歉 扈從諸事 務從簡約 比之前
日 十減八九 至於啓達公務 亦委政府 若夫諺文 非國家緩急
不得已及期之事 何獨於行在而汲汲爲之 以煩聖躬調爕之時
乎 臣等尤未見其可也

一, 先儒云 凡百玩好 皆奪志 至於書札 於儒者事最近 然一
向好着 亦自喪志 今東宮雖德性成就 猶當潛心聖學 益求其
未至也 諺文縱曰有益 特文士六藝之一耳 況萬萬無一利於治
道 而乃研精費思 竟日移時 實有損於時敏之學也 臣等俱以
文墨末技 待罪侍從 心有所懷 不敢含默 謹罄肺腑 仰瀆聖聰

120

十.
네가 운서를 아느냐!

이 최만리의 상소문이 세종의 어의에는 어긋나는 것이라 해도 대하의 흐름과 같은 명문임은 분명하다. 새 문자 창제의 발상에서부터 그 과정과 완성에 이르는 모든 것을 비판했고, 사용 이후의 결과까지를 예상하고 있음은 물론이다.

"……!"

그러나 읽기를 마친 세종은 온몸으로 숨을 쉬는 듯한 모습으로 분노하고 있다가 마침내 탕! 하고 연상을 내려치며 소리치고야 만다.

"너희들이 이르기를, '음을 사용하고 글자를 합한 것이 모두 옛글에 위반된다.' 하였는데, 너희들은 도대체 어느

나라의 사람이냐! 중국 사람이더냐, 조선 사람이더냐! 어찌
하여 모든 문물제도가 중국과 같아야 한다는 말이더냐!"

"……!"

"네가 운서를 아느냐! 중국 한자의 사성 칠음에 자모가
몇이나 있는지 아느냐? 만일 내가 그 운서를 바로잡지 아
니하면 누가 이를 바로잡을 것이냐. 또 너희들 글에 '새롭
고 기이한 하나의 기예'라고 하였는데, 내 늘그막에 날을
보내기 어려워서 서적을 벗으로 삼을 뿐인데, 어찌 옛것을
싫어하고 새것을 좋아하여서 하는 것이겠느냐. 또는 전렵
으로 매사냥을 하는 것도 아닌데 너희들의 말은 너무 지
나침이 있다. 그리고 내가 나이 늙어서 국가의 서무를 세
자에게 오로지 맡겼으니, 비록 세미한 일일지라도 참예하
여 결정함이 마땅하거든, 하물며 언문이겠느냐? 만약 세
자로 하여금 항상 동궁에만 있게 한다면 환관에게 일을
맡길 것이냐. 너희들이 시종하는 신하로서 내 뜻을 밝게
알면서도 이러한 말을 하는 것은 옳지 않다."

최만리를 비롯한 보수파 학사들은 숨을 죽였다. 가슴이
마구 두근거리며 울렸다. 이들은 일찍이 전하의 이 같은
진노를 보지 못했었다. 전혀 상상치도 못했던 진노였고,
단 한 번도 들어보지 못한 크고 높은 옥음이었다. 후회하

지 않을 수가 없었다.

그러나 최만리는 숨을 가다듬고 전하의 지적에 대답한다.

"설총의 이두는 비록 음이 다르다 하나, 음에 따르고 해석에 따라 어조와 문자가 원래 서로 떨어지지 않사온데, 이제 언문은 여러 글자를 합하여 함께 써서 그 음과 해석을 변한 것이고 글자의 형상이 아닙니다. 또 새롭고 기이한 한 가지의 기예라 하온 것은 특히 문세에 인하여 이 말을 한 것이옵고 의미가 있어서 그러한 것은 아니옵니다. 동궁은 공사라면 비록 세미한 일일지라도 참결하시지 않을 수 없사오나, 급하지 않은 일을 무엇 때문에 시간을 허비하며 심려하시옵니까."

이 최만리의 변명을 담은 대답에 세종의 노성은 더욱 거칠어지고 만다.

"전번에 김문이 '언문을 제작함에 불가할 것은 없습니다.'라고 아뢰었었는데, 지금은 도리어 불가하다 하고, 또 정창손은 '삼강행실을 반포한 후에 충신·효자·열녀의 무리가 나옴을 볼 수 없는 것은, 사람이 행하고 행하지 않는 것이 사람의 자질 여하에 있기 때문이라고 말하면서 어찌 꼭 언문으로 번역한 후에야 사람이 모두 본받을 것입니까.' 하였는데, 이따위 말이 어찌 선비의 이치를 아는 말이 겠느냐. 아무짝에도 쓸데없는 용속한 선비일 뿐이다."

세종은 전번에 김문에게 하교할 때의 대답이 앞뒤가 다른 것을 지적한 것이었다.

"천하에 못된 것들! 지금 내가 운서를 바로잡고자 하는데, 네가 어찌 얕고 사사로운 생각으로 이같이 경망되이 군단 말이더냐! 네가 설총을 옳다고 하면서 군왕이 하는 일을 그르다 하는 것이 무슨 까닭이냐! 만일 내가 지금 운서를 바로잡지 아니하면 누가 이를 바로잡아 놓겠느냐! 네가 사리를 생각하지 아니하고 쓸데없는 말을 함부로 지껄이니 내 어찌 너희들의 죄를 묻지 아니하리!"

"…… 헉!"

학사들은 질겁을 하며 숨을 들이켰다. 세종의 끝말이 심상치 않았기 때문이었다. 아니나 다를까, 세종의 청천벽력靑天霹靂과 같은 엄명이 떨어지고 만다.

"여봐라! 저놈들을 당장에 하옥하여라!"

"전, 전하……"

"시끄럽다! 도승지는 무엇을 하는가?"

최만리, 신석조 등은 얼굴이 새파랗게 질렸다. 그러나 어명은 이미 떨어진 뒤였다. 도승지 이승손이 들어와 최만리를 비롯한 일곱 명의 집현전 학사들을 이끌고 나갔다. 궐밖에는 벌써 의금부제조가 나졸 십여 명을 이끌고 와 그들을 기다리고 있었다. 졸지에 최만리 등은 죄인이 되고 야 만다.

"……후우!"

세종은 한숨을 놓으며 고개를 떨구었다. 얼마나 아끼고 사랑했던 사람들이던가! 걷잡을 수 없이 악화하여가는 병마와 싸우면서 피땀을 쏟듯 이루어 놓은 정음이었다. 자신의 참뜻을 알아주지 않는 그들이 야속하기도 했다. 또한, 그들의 짧은 식견이 불쌍하게 느껴지기도 했다.

세종은 최만리 등이 올린 상소를 다시 집어 들었다. 그리고 읽고 또 읽었다. 비록 그것이 사대모화에 젖어 있어 앞날의 일을 내다보지 못하는 단견이기는 했어도 문장과 논리에 있어서는 나무랄 수 없는 글이었다.

'아까운 재주들이 ……'

세종은 탄식했다. 그만한 학문과 문장을 새 문자 창제에 쓸 수만 있다면 더 이른 시일 안에 완성이 되었을 것이라는 생각마저 들었다.

'어찌해야 하나.'

천성이 자애로운 세종은 그들을 하옥시킨 것을 후회하

고 있었다. 인재를 아끼는 일에서는 세종만 한 군왕이 없다. 신하들에게 상처를 입히는 일은 되도록 삼가 온 세종이었다. 세종의 생각은 점점 깊은 시름 속으로 빠져들 수밖에 없었다.

'오늘 하룻밤 옥중에서 지내다 보면 저들도 내 뜻을 알게 되겠지.'

결국, 세종은 다음날 그들을 방면하리라 마음먹었다. 그러나 김문과 정창손만은 용서하고 싶지 않았다. 김문은 임금의 앞에서는 언문의 필요성을 인정하고, 다른 데 가서는 인정을 하지 않은 간교한 자라고 세종은 생각했다. 그리고 정창손은 애초부터 선비의 도를 모르는 자라고 단정했다.

'괘씸하고 간교한 놈들 같으니라고!'

세종은 그들의 버릇을 톡톡히 가르쳐 주리라 속으로 결심했다.

다음날 세종은 세자를 불렀다. 그렇지 않아도 세자는 최만리 등의 하옥으로 해서 세종을 뵈려 하고 있었기 때문에 바로 편전으로 달려갔다.

"세자는 부제학의 상소문부터 읽어보아라."

"예."

세자는 세종이 건네주는 최만리의 상소문을 읽어 내려 갔다.

"다 읽어보았느냐?"

"예, 아바마마."

"세자는 그 글을 어찌 생각하느냐?"

세종은 넌지시 하문했다. 세자는 세종의 어의를 잘 몰라 잠시 머뭇거리다가 입을 열었다.

"아바마마께서 훈민정음을 창제하신 깊은 어의는 깨닫지 못하고 있으나 그 논리만은 매우 정연한 듯싶사옵니다."

"허허허 …… 바로 보았음이야. 이 상소는 비록 언문의 사용을 반대하고 있으나, 그 논리 정연한 문장만은 뛰어나다. 세자는 들으라!"

"예, 아바마마! 하교하시오소서."

"지금 곧 의금부제조에게 명하여 최만리 등을 방면케 하라. 다만 직전 김문에게는 장 1백을 가하고, 응교 정창손은 파직하도록 하라!"

"분부 거행하겠사옵니다."

세자는 김문과 정창손의 얘기를 들은 바 있는 까닭으로 별 이의 없이 편전을 물러 나왔다.

결국, 언문 사용을 반대하던 최만리 등은 하옥된 지 하루 만에 석방이 되었고, 김문과 정창손만은 각각 장 1백 대와 파직이라는 중벌을 받게 되었다. 이후로는 어느 누구도 언문의 사용 불가론을 주장하지 않았다.

최만리의 언문 창제 반대 상소와 투옥, 그리고 단 하루 만에 방면을 시킨 세종의 용단, 이 같은 일은 그리 흔한 일일 수 없다. 오직 세종의 치세에나 있을 수 있는 일일 것이다. 그만치 세종은 성군의 자질을 타고난 것이었다.

그리고 얼마 되지 않아서 정창손이 복직된다. 후일 정창손이 성종조에 이르러 영의정의 자리에 오를 수 있게 된 것도 세종과 같은 성군 밑에서 사대부의 도리를 닦고 배운 탓이리라.

十一.
초수리가 언문청이 된 듯

청주 초수리 온정은 늦봄을 맞고 있었고 세종의 행재소
는 그대로 집현전이며 언문청이된 듯 하였다.

세종은 촌음을 아끼며 운서에 관한 전적과 씨름하고 있
었다. 무서운 집념이 아닐 수가 없었다. 세종의 관심은 양
나라 때 학자인 심약이 쓴 《사성운보四聲韻譜》와 수나라의
육법언이 찬술한 《광운廣韻》, 송나라의 학자 소강절이 음
운을 수학적으로 밝힌 《황극경세서皇極經世書》, 그리고 명
나라 태조가 한림시강 악소봉과 한림학사 송염 등에게 명
하여 간행한 《홍무정운洪武正韻》 등에 있었다. 특히 《홍무
정운》은 1만 3천여 자에 달하는 한자를 평성, 상성, 거성,
입성의 사성으로 나누어 일일이 운을 단 방대한 운서였다.

세종은 눈이 번쩍 뜨이는 듯했다.

'그렇다! 우리도 지금 쓰는 한자어를 우리말로 통일시켜 정리해야 할 것이다.'

세종은 이렇게 중얼거리고 나서 곧 신숙주와 성삼문을 불렀다.

"너희들은 이 《홍무정운》이라는 책을 읽어보았느냐?"

"예, 전하. 소리의 원리와 이치를 공부하기 위해 얼마 전에 읽어본 적이 있사옵니다."

신숙주가 대답했다.

"읽어본 소감이 어떠한가?"

"먼저 그 방대함에 놀랐고, 내용의 치밀함에 감탄했사옵니다."

신숙주가 대답을 이렇게 할 것이라고 짐작을 했던 세종은 말을 이어갔다.

"이제 우리나라에도 우리말을 적을 수 있는 새 글자가 창제되었다. 그러나 우리말은 수천 년을 중국의 영향을 받은 탓으로 한자어가 매우 많다. 우리도 이 한자어를 우리말과 우리글에 맞게 통일시켜야 하지 않겠느냐?"

"그러하옵니다. 전하. 신 등도 그렇게 생각은 하고 있었습니다만, 어디서부터 손을 대야 할지 몰라 막막해 있었사옵니다."

"허허허 …… 일이란 시작을 하고 봐야 해. 그러다 보면 그 길이 생기는 법일 테니까."

"망극하옵니다."

"자, 그럼 먼저 사성 칠음에 관하여 얘기를 해보도록 하자. 사성 칠음에 대한 것이 정리되면 우리도 《홍무정운》과 같은 방대한 운서를 찬술할 수가 있음이 아니겠느냐?"

그날부터 세종과 신숙주, 성삼문은 밤낮을 가리지 않고 소리의 근본 이치와 우리나라 말의 특성에 대해서 열띤 토론을 거듭했다.

"사성 칠음의 원리에 대해 누가 말해 보겠느냐?"

세종은 언제나 그렇듯 문답식으로 음운을 정리해 나가기 시작했다.

성삼문이 먼저 입을 연다.

"대저 하늘과 땅이 화합하여 조화가 유통하매 사람이 생기고, 음과 양이 서로 만나 기운이 맞닿으매 소리가 생기옵니다. 다시 그 소리가 생기매 칠음이 스스로 갖추어지고, 칠음이 갖추이매 사성이 구비되는 것이옵니다. 그리하여 결국 칠음과 사성이 경위로 서로 사귀면서 맑고 흐리고, 가볍고 무겁고, 깊고 얕고, 빠르고 느림이 자연적으로 생겨나옵니다. 포희[49]가 괘를 그리고, 창힐[50]이 글자를 만든 것도 모두 그 자연의 이치에 따라 만물의 정을 통한 때문이옵니다."

"허허허…… 과연 근보의 학문은 그 깊이를 측정할 수가 없구나. 그런데 이치로 본다면 이 세상의 모든 소리는 같아야 하는데, 어찌 우리말과 중국말이 다르고 일본말, 여진말 또한 다른 것인가? 범옹이 그 까닭을 말해 보아라."

신숙주는 잠시 생각을 가다듬은 다음에 말문을 열었다.

"그 까닭은 이러하옵니다. 대개 지세가 다름으로써 풍습과 기질이 다르고, 풍습과 기질이 다름으로써 호흡하는 것이 다르옵니다. 우리나라는 안팎으로 강산이 독립해 한 구역이 되어 있기 때문에 중국과는 근본적으로 자연환경이 다르옵니다. 그런데 어찌 호흡이 중국과 일치할 수 있겠습니까. 그러므로 말의 소리가 중국과 다른 것은 당연한 일이옵니다."

---

49 庖犧 중국 삼황 중 하나이다. 전설에서 복희는 인류에게 닥친 대홍수 시절에 표주박에 들어가 있던 덕분에 되살아날 수 있었다고 하는데, 다시 살아났다는 의미로 복희라고 했다고 전한다. 복희(伏犧)는 희생(제사에 쓰이는 짐승)을 길러 붙여진 이름이다. 성씨는 풍(風)으로 전해진다. 사마천의 《사기》에 따르면 복희는 동이족으로 서술되고 있다.
50 蒼頡 혹은 倉頡 한자를 창제했다고 전해지는 중국 고대의 인물이다. 전설에 따르면 황제의 사관으로서, 눈이 4개 달려 있었다고 한다.

"말의 소리는 그렇다 치고, 한자를 발음하는 것 역시 다른 까닭은 무엇이냐?"

"이치로만 본다면 글자의 음은 마땅히 중국과 같아야 할 것이옵니다. 그런데 글의 음도 중국과 다른 것은, 호흡이 돌고 구르는 사이에 가볍고 무거움, 열리고 닫힘의 동작이 저절로 말의 소리에 끌리기 때문이옵니다. 즉 글을 읽는 사이에 저절로 그 음이 변하는 것이옵니다. 이때 그 청탁과 사성은 변함이 없어야 원칙이나 말과 글을 가르치는 사람이 각자 다르게 가르치기 때문에 나중에 가서는 자모, 칠음, 청탁, 사성에 모두 변함이 있게 되옵니다. 시대마다 글과 말의 음이 다른 것은 바로 이러한 이치에서 연유하는 것이옵니다."

"장소와 시대에 따라 말과 글이 다르게 된다면 나중에 우리나라 말과 글도 그렇게 될 것이 아니겠는가?"

"명나라 태조가 《홍무정운》을 만든 것은 바로 그것을 방지하기 위한 것이옵니다. 세상의 스승 된 사람들이 왕왕 잘못된 것을 알고, 그 자제들에게 바로잡아 가르치지만, 마음대로 고치기가 어려워 틀린 줄 알면서도 그대로 이어져 내려갑니다. 이러한 것을 하루속히 바로 잡지 않으면 날이 갈수록 더욱 심해져 후일에는 바로 잡을 수 없는 폐가 될 것이옵니다. 지금 전하께서 우리나라 음운을 정리하시려고 하는 것은 모두 이러한 폐단을 막아보기 위한 큰 뜻에서가 아니시옵니까?"

"허허허 …… 과연 근보와 범옹이로다."

세종은 신숙주와 성삼문의 막힘없는 답변에 크게 흡족했다.

"범옹!"

"예, 전하."

"우리말의 음운을 바로 정리하기 위해서는 무엇부터 해야 하겠는가?"

"역시 한자음을 정확하게 알아야 할 것이옵니다. 한자음을 정확하게 알아서 새 문자인 훈민정음으로 정리한다면 가히 우리말의 음운을 후세에 올바르게 전할 수가 있을 것으로 사료 되옵니다."

"맞았어. 우선해야 할 일은 한자음의 정리야. 그러나 이 일 역시 쉬운 일만은 아닐 것이야."

"그러하옵니다. 전하. 오랜 시일을 두고 차근차근 정리해 나가야 할 것이옵니다."

신숙주가 의견을 개진했다. 그러나 세종은 고개를 내저었다.

"아니야. 이 일을 오랜 세월 동안 할 수는 없음이야. 해서 너희 두 사람이 또 한 번 수고를 해줘야겠다."

"성은이 망극하옵니다. 전하. 신 신숙주 신명을 다할 것이옵니다."

신숙주가 하명을 받들겠다고 머리를 조아리자 옆에 있던 성삼문도 곧이어서 다짐한다.

"신 성삼문 어명을 받들어 신명을 다하겠사옵니다."

"허허허 …… 너희들 같은 젊은 학사가 내 곁에 있으니 내 무슨 걱정을 하리. 근보!"

"예, 전하."

"중국의 음운 학자요, 한림학사라 불리우는 황찬黃燦을 아느냐?"

"알고 있사옵니다. 지난번 다녀간 명나라의 사신의 말에 따르면, 지금 요동에 유배되어 있다 하옵니다."

"그렇지, 나도 그렇게 듣고 있노라. 그래서 생각해 낸 것인데, 우리의 힘으로는 짧은 기간에 1만 3천여 자나 되는 한자의 음을 정리하기란 힘든 일일 것이야. 해서, 황찬과 같은 대학자에게 음운에 대한 조언을 받아보면 크게 도움을 얻을 것이 아니겠느냐?"

"그러하옵니다. 전하. 황찬에게 조언을 받는다면 한자음을 정리하는 시간이 훨씬 단축될 것이옵니다."

"한데, 길이 너무 멀어."

세종이 아쉬운 듯 말했다. 그러자 신숙주가 서슴없이 입을 열었다.

"전하, 신을 보내주시오소서. 요동이 비록 먼 길이긴 하나, 신이 다녀오겠사옵니다."

"범옹이 다녀오겠는가!"

세종의 용안이 밝게 펴졌다.

"그러하옵니다."

"신도 다녀오겠습니다. 범옹 혼자서 다녀올 일이 아닌 줄 아옵니다."

성삼문도 결연히 나섰다. 세종의 기쁨은 이루 말할 수 없이 컸다.

"너희들이 다녀와만 준다면 내 무슨 걱정을 하리! 하지만 여기서 요동까지는 먼 길이야. 두 사람이 함께 떠난다면 기다리는 시간이 길 것이야. 해서 범옹이 먼저 떠나서 요동에 당도할 무렵 근보가 다시 떠나면 서로가 깨달은 바를 도중에서 상의할 수도 있거니와, 기다리는 시간도 반으로 줄일 수가 있을 것이야."

"그렇게 하는 것이 좋을 듯하옵니다. 자문하는 일도 중

복되지 않을 것이옵니다.”

신숙주가 세종의 어의에 동조했다.

“그러면 지금까지 연구한 것에서 미진한 점을 간추려서 범옹이 먼저 떠나도록 하라!”

“분부 거행하겠사옵니다.”

다음날 신숙주는 괴나리봇짐을 싸지고 청주를 떠나 한양은 들르지도 않은 채 곧바로 요동길에 올랐다.

이렇게 시작한 신숙주, 성삼문의 요동 땅 왕래는 무려 15번이나 거듭된 끝에 1만 3천여 자나 되는 한자음을 모두 우리말로 정리한 《동국정운》이라는 운서를 탄생시키기에 이른다.

이 《동국정운》의 제작은 한자 음운의 원리에서, 제작 당시 혼란하던 우리나라 한자 음운을 바로잡기 위한 것이었는데, 이것은 훈민정음 창제와 함께 세종 시대에 이룩된 문자혁명의 대위업이었다.

세종이 한양으로 환궁한 것은 5월 7일. 만 두 달을 청주 초정 약수터에서 보낸 셈이었다. 그러나 세종의 안질은 그다지 차도가 보이지 않았다. 초정 약수가 신험하지 않아서가 아니었다. 초정 약수터에 있는 동안 안질의 치료보다

음운 연구와 언문 해석에 더 치중한 까닭으로 피로가 더 가중된 것이었다.

"전하, 안질에는 휴식이 제일이옵니다. 이제부터라도 책을 멀리해 주시오소서."

중전 공비가 애원하듯 아뢰었지만, 세종은 허허허, 웃어넘길 뿐이었다. 결국, 세종은 안질을 치유하러 갔다가 안질이 더 심해져서 환궁한 셈이었다. 공비로서는 여간 안타까운 일이 아니었다.

신숙주와 성삼문을 요동 땅으로 보낸 세종은 모처럼 만에 마음이 한가로웠다. 음운의 연구도 그들이 돌아올 때까지 유보해 두는 수밖에 없었다.

세종은 거듭되는 공비의 청을 받아들여 청주에 다녀온 지 두 달만인 윤칠월 중순에 다시 청주에 거동하였다. 이번에는 마음 편히 안질을 치료할 수 있었다. 금세 효험이 나타났다. 눈앞이 침침하고 눈곱이 끼던 증세가 감쪽같이 사라진 것이었다. 공비의 기쁨은 이루 말할 수 없이 컸다.

"보시오소서. 불과 한 달 만에 안질이 치유되지 않았사옵니까."

공비가 오랜만에 밝게 웃으며 기뻐했다. 세종 역시 시야가 환하게 트이자 마음이 더욱 가벼워졌다.

"허허허 …… 중전의 정성이 하늘에 닿았나 보구료. 고맙소, 중전."

"망극하옵니다. 역시 초정 약수는 들리는 바대로 신효하기 짝이 없사옵니다. 한 달만 더 요양하시면 완치될 것이옵니다."

"알겠어요, 내 중전의 말씀을 따르지요."

"성은이 망극하옵니다. 전하."

세종과 공비는 참으로 오랜만에 청주의 초수리 온정에서 오붓하고 단란한 시간을 보낼 수가 있었다. 실로 30여 년 만에 얻어 본 한가함이었다.

十二.
용비어천가를 완성하다

　　세종은 광평대군과 평원대군 두 아들을 연이어 잃어버린 충격 속에서 나날을 보내던 어느 날 모처럼 세종의 마음을 다소 밝게 해주는 소식이 올라왔다. 우참찬 정인지에 의하여 《치평요람治平要覽》이 완성되었다는 소식이었다. 수년 전 세종은 정인지 등을 비롯한 집현전 학사들에게 역대의 사적에서 정치의 거울이 될 만한 사실을 뽑아 책으로 엮으라고 명했었다.

　　"다스린 자는 일어나고 어지러운 자는 망하나니, 얻고 잃음이 함께 지나간 역사에 실려 있을 것이야. 따라서 착한 것은 본받고, 악한 것은 경계할 수 있도록 그대들이 여러 사서에서 골라 모아 후세의 사람들에게 귀감이 될 수 있도록 하게 하여라."

《치평요람》은 주로 정인지에 의하여 만들어졌다. 세종은 그동안 열과 성을 다하여 완성한 정인지를 불러 치하를 하였다.

"학역재의 학문이 날로 깊어지고 있어서 과인이 모처럼만에 심기가 밝아진 것 같구나. 허허허…."

"성은이 망극하옵니다. 전하."

"그런데, 학역재."

"예, 전하."

"일전에 내가 당부했던 《용비어천가》는 어찌 되어가고 있는가?"

훈민정음이 완성되고 얼마 후에 세종은 권제, 정인지, 안지 등에게 선왕들의 공적을 뽑아 시가를 짓게 했었다. 그런데 아직까지 아무런 보고가 없는 것이었다.

정인지가 머리를 조아리며 아뢴다.

"신이 알기로는 시가가 모두 완성되었는 줄 아옵니다."

"아니, 그런데 어찌하여 나에게 고하지 않은 것인가?"

"아뢰옵기 황공하오나, 우찬성 권제가 마지막 손질을 하고 있는 것으로 아옵니다. 한시만 짓다가 언문으로 시를 지으려 하니 까다로운 곳이 한두 군데가 아니었다 하옵니다."

"허허허 …… 그렇겠지. 지금 마지막 손질을 하고 있다면 미구에 볼 수 있겠구먼."

"그러하옵니다. 전하. 며칠만 기다려 주시오소서."

편전을 물러 나온 정인지는 곧바로 권제의 집으로 달려갔다. 권제는 침식을 잊은 채 《용비어천가》의 마지막 손질에 여념이 없었다. 생소한 언문으로 시를 짓자니 여간 까다로운 게 아니었다.

"대감, 어찌되었소이까? 주상 전하께서 매우 관심을 가지시고 물어보십니다."

정인지는 권제를 보자마자 편전에서 있었던 일을 얘기해 주었다. 권제는 피로한 듯 눈을 비비면서도, 얼굴은 밝게 빛나고 있었다.

"하하하 …… 이제야 막 끝냈소이다. 이제 전문[51]을 써서 올리기만 하면 됩니다."

"대감, 정말 수고가 많으셨습니다. 역대에 없는 일을 대감께서 하신 것이에요."

"하하하 …… 이 일을 어찌 나 혼자만 했소이까. 학역재의 시운이 없었다면 어찌 내가 감히 이 일에 손을 댔겠소이까."

---

51 箋文 지난날, 길흉사가 있을 때 임금이나 왕후·태자에게 아뢰던 사륙체의 글.

용비어천가. 한마디로 선왕들의 공적을 서술한, 훈민정음으로 쓰여진 조선왕조 최초의 대서사이다. 이것이 지금 막 권제, 정인지, 안지 등의 대학자에 의해 완성된 것이었다.

세종 27년 4월 5일.

의정부 우찬성 권제·우참찬 정인지·공조 참판 안지 등은 전문과 함께 총 1백25장의 대서사시 《용비어천가》를 세종에게 바쳤다. 훈민정음이 창제된 지 1년 반만의 개가였으며, 공식적으로 반포되기 1년 전의 일이었다.

세종은 떨리는 가슴을 억누르며 첫장을 넘겼다. 권제가 쓴 전문이 나왔다.

권제權踶는 본관이 안동安東으로 초명은 권도權蹈이고 자는 중의仲義·중안仲安이며 호는 지재止齋이다. 아버지는 찬성 권근權近이다. 처음에 음보로 경승부주부에 기용되었으나 감찰 때 대사헌의 비위에 거슬려 파면되었다. 1414년(태종 14) 친시문과에 장원으로 급제해 우헌납이 된 뒤 병조정랑과 예문관응교 등의 벼슬을 지냈다. 1439년 지중추원사가 되었으며, 1442년 지춘추관사를 겸해 감춘추관사인 신개와 함께 『고려사』를 찬진하였다. 1443년 좌참찬으로 판이조사가 되었고, 1444년 의금부제조, 이듬해에는 우찬성이 되어 정인지·안지 등과 함께 「용비어천가」
를 지어 바쳤다.

　권제가 쓴 전문은 이렇게 시작되고 있었다.

　'어진 덕을 세상에 널리 베푸시고 큰 복조를 성하게 여
시매, 공을 찬술하고 사실을 기록하여 가장에 폄이 마땅
하오니 이에 거친 글을 편찬하와 예감[52]에 상달하옵니다.
그윽이 생각하옵건대, 뿌리 깊은 나무는 가지가 반드시
무성하고 근원이 멀면 흐름이 더욱 긴[長] 것이옵니다.'

　세종은 전문을 다 읽어본 후 다음 장을 넘겼다. 《용비어
천가》 제일장이 펼쳐졌다. 먼저 언문으로 시가 적혀 있었
고, 그 옆에 한문으로 번역된 시가 있었다.

　海東(해동) 六龍(육룡)[53]이 느르샤 일마다 天福(천복)이시니.
　古聖(고성)이 同符(동부)ᄒ시니.

---

52 睿鑑 임금의 밝게 봄.
53 목조(穆祖) 이안사(李安社), 익조(翼祖) 이행리(李行里), 도조(度祖) 이춘(李椿), 환
　조(桓祖) 이자춘(李子春), 태조(太祖) 이성계(李成桂), 태종(太宗) 이방원(李芳遠)을
　이름이고, 목조는 태조의 고조부, 익조는 태조의 증조부, 도조는 태조의 조부, 환조
　는 태조의 부, 태조는 세종의 조부, 태종은 세종의 부이다.

海東六龍飛 莫非天所扶 古聖同符

(해동육룡비 막비천소부 고성동부)

세종은 첫 장을 읽어보고 크게 만족하여 고개를 끄덕이
더니 온화한 목소리로 권제 등에게 치하의 말을 내렸다.

"참으로 아름답도다. 경들의 수고가 많았음이야. 권제가
풀이를 해보아라."

"우리나라에 여섯 성인이 웅비하시어, (하시는) 일마다
모두 하늘이 내린 복이시니, (이것은) 중국 고대의 여러 성
군이 하신 일과 부절을 맞춘 것처럼 일치하십니다."

권제가 바로 아뢰자 세종은 제이장을 펴보았다.

불휘 기픈 남ᄀᆞᆫ ᄇᆞᄅᆞ매 아니 뮐씨 곶 됴코 여름 하ᄂᆞ니.

ᄉᆡ미 기픈 므른 ᄀᆞ무래 아니 그츨씨 내히 이러 바ᄅᆞ래 가ᄂᆞ니.

根深之木 風亦不扤 有灼其華 有蕡其實

(근심지목 풍역불올 유작기화 유분기실)

源遠之水 旱亦大竭 流斯爲川 于海必達

(원원지수 한역대갈 유사위천 우해필달)

이 장은 지금도 많은 사람의 입에 오르내리는 시구로서 조선의 왕실을 뿌리 깊은 나무와 근원이 깊은 샘물에 비유했다. 놀라운 비유가 아닐 수 없다.

세종은 자신도 모르게 무릎을 치며 이번에는 정인지에게 풀이를 해보라고 하명하였다.

"과연 좋은 구절이로다. 한시보다 훨씬 정취가 풍기는구나! 학역재가 풀이를 해보도록 하라."

"예, 전하. 뿌리가 깊은 나무는 바람에 흔들리지 아니하므로, 꽃이 찬란하게 피고 열매가 많습니다. 원천이 깊은 물은 가뭄에도 끊이지 아니하므로 내를 이루어 바다로 흘러간다는 뜻이옵니다."

세종의 기뻐하는 모습을 보자 권제, 정인지는 마음을 놓았다. 세종은 그 자리에서 1백 25장이나 되는 시를 모두 읽은 후 격앙된 옥음으로 명을 내렸다.

"이렇듯 좋은 시를 어찌 나 혼자만 볼 수 있겠는가. 지금 당장 주자소에 넘겨 인쇄하여 만백성들에게 배포하도록 하라."

그리고 세종은 다시 한번 마지막 장인 125장을 읽어 내려갔다.

千世(천세) 우희 미리 定(정)ᄒᆞ샨 漢水(한수) 北(북)에 累仁
開國(누인개국)ᄒᆞ샤 卜年(복년)이 ᄀᆞᆺ업스시니, 聖神(성신)
이 니ᅀᆞ샤도 敬天勤民(경천근민)ᄒᆞ샤ᅀᅡ 더욱 구드시리이
다. 님금하 아ᄅᆞ쇼셔 洛水(낙수)예 山行(산행) 가 이셔 하
나빌 미드니잇가.

천세 전부터 그윽히 정해 두신 한양에,
어진 덕을 쌓아 나라를 여시어,
왕운이 끝이 없으시니.
자자손손으로
성스러운 임금이 비록 계승하실지라도
하늘을 공경하고 백성을 다스림에 부지런히 하시어야
이에 더욱 영세하시리이다.
아아, 후사의 임금이시여, 이를 살피소서.
낙수의 사냥에서
황조皇祖만을 믿었던 것이옵니까?

千歲默定漢水陽 累仁開國卜年無疆 子子孫孫聖神雖繼
(천세묵정한수양 누인개국복년무강 자자손손성신수계)
敬天勤民迺益永世 嗚呼 嗣王監此 洛表遊畋 皇祖其恃

(경천근민내익영세 오호 사왕감차 낙표유전 황조기시)

세종의 용안에는 눈물이 흘러내렸다. 이제 무언가 이루어진 게 있다는 기쁨에서였다. 혹독한 병마에 시달리면서도 아직 살아 있다는 사실, 그것이 어찌 하늘의 뜻이 아니랴!

十三.
훈민정음 해례를 완성하다

"이 모든 것이 하늘의 보살핌이 있으셨기 때문이에요. 중전."

세종은 누워 있는 중전 공비의 곁으로 다가앉으며 《용비어천가》를 펼쳐 들었다. 파리했던 중전의 얼굴이 화기가 돌기 시작했다.

"새 문자로 쓴 시에요. 내가 읽어드릴 테니 들어보시구려."

세종은 낭랑한 옥음으로 《용비어천가》를 읽어가기 시작했다. 중전의 눈가가 물기에 젖어 들고 있었다. 중전은 지아비 세종의 낭송을 들으면서 수없이 눈물을 흘렸다. 그동안 온갖 환후를 다 무릅쓰고 오직 그 일에만 전념하던 세종의 모습이 주마등처럼 흘러가는 것이었다. 세종이 《용비

어천가》의 마지막 장을 읽을 때 옥음은 이미 흐느낌으로
변해 있었다.

"전하 …… 전하 ……"

중전 공비는 섬섬옥수를 뻗어 세종의 손을 잡았다.

"………"

"전하, 하늘이 내리신 성군이시옵니다. 백성들이 천천세
를 부를 것이옵니다."

"아니에요. 중전의 보살핌이 있으셨기 때문이에요."

"당치않으시옵니다. 전하."

"중전께서는 내 마음에서 한시도 떠나 계시지 않으셨어
요. 언제나 내 곁 가까운 자리에 계셨어요. 그것이 내게는
큰 힘이 되었어요."

"전하 ……"

중전 공비는 고개를 돌리며 흐느낌을 토해내기 시작했
다. 세종은 그런 중전의 손을 잡은 채 오래도록 말없이 앉
아 있었다.

이제 남은 일은 훈민정음의 해례를 완성하는 일이었다.
하루속히 매듭지어 백성들에게 반포하고 싶었다.

세종은 정인지를 불렀다.

"훈민정음의 해례가 어느 만치 진척이 되었느냐?"

정인지는 송구스러운 듯 고개를 숙이며 아뢴다.

"전하, 아뢰옵기 황공하오나 이제 글자를 만든 원리인 제자해制字解만이 성취되었사옵니다."

"학역재! 제자해만으로는 아니 될 것이야. 각 소리를 해석한 초성해初聲解와 중성해中聲解, 종성해終聲解가 있어야 할 것이고, 다음으로 각 소리를 합하는 방법인 합자해合字解와 용자례用字例도 있어야 할 것이야."

"전하, 신도 그렇게 생각하고 있사옵니다만, 신의 혼자 힘으로는 벅찬 듯싶사옵니다."

"그렇겠지. 그 일 한 가지만 하는 것이 아닐 테니까……그렇다고 언제까지 기다릴 수도 없는 일이고, 아니 되겠다. 내가 세자에게 선위하고 그 일에 전념해야 하겠다."

"아니, 전하! 선위라 하옵심은 불가하옵니다."

"허허허, 학역재는 그런 일에 마음 쓰지 말고 훈민정음의 해례를 완성시키는 데 전념해야 할 것이야. 선위 문제는 의정부, 육조와 의논하여 결정할 테니."

정인지가 물러가자 세종은 조용히 생각에 잠겼다.

세종은 세자에게 섭정을 맡아보게 한 지 만 2년, 이제는 모든 재결까지 맡겨도 된다고 어의를 굳혔다.

영의정 황희, 우의정 하연, 예조판서 김종서 등 대소신료들이 예상했던 대로 '세자에게 선위하심은 천부당만부당하다'라고 강력히 반대하였지만, 세종도 어의를 굽히지 않아 황희 등의 대신들은 마지못해 세종의 뜻에 따르기로 했다.

세종은 홀가분했다. 집현전 학사들과 더불어 훈민정음 해례에 관한 연구에 몰두할 수 있게 된 것이 무엇보다 기뻤다.

"이제부터 과인이 다소 한가해졌음이니 그대들도 나에게 뒤지지 말라."

"예, 전하. 명심하겠사옵니다."

집현전의 학사들도 분발했다. 세종은 그들과의 문답을 쉬지 않았다. 문답식 탐구는 서로의 뜻을 모으는 데는 안성맞춤이었다.

또 한 해가 바뀌었다. 세종 28년, 서기로는 1446년이다.

이 해는 세종에게 있어서나 이 나라 역사상에 있어서나 큰 의미가 있는 해였다. 3년 전에 창제한 훈민정음을 갈고 다듬은 끝에 중외에 반포한 해였기 때문이다.

그러나 이에 앞서 세종은 생애 최대의 슬픔을 맛보아야 했다. 반평생을 동고동락해 온 왕후 공비가 마침내 세상을 떠난 것이었다.

왕후 공비는 마지막 눈을 감는 순간까지도 세종에게 유언처럼 남겼다.

"마마, 마지막 가는 길에 청이 하나 있사옵니다."

"말해 보세요."

"하루빨리 훈민정음 해례를 끝내시어 이 나라의 모든 백성에게 가르쳐 주세요. 신첩의 마지막 소원이옵니다."

"걱정하지 마세요, 중전. 훈민정음 해례는 거의 완성이 되었어요. 중전은 어서 일어나서 훈민정음 해례본을 보셔야지요."

세종은 가슴이 허전하게 비어옴을 느꼈다. 공비가 임종을 맞고 있었던 것이었다.

나무랄 데 없는 중전이었다. 특히 세종에게 그랬다. 세종과의 사이에 8남 2녀의 자식을 두었고, 후궁들의 소생을 합치면 18남 4녀. 이들을 하나 같이 친자식 돌보듯 자애롭게 대했다. 그리고 여섯 사람의 후궁을 대하기도 동기와 같이했다. 세종 시대에 있어 잉첩들의 시새움이나 투총이 없었던 것은 모두가 공비 심씨의 후덕한 인품 때문이었다.

세종 28년 3월 24일.

공비 심씨가 수양대군의 사저에서 승하하시니 향년 52

세. 야속하기만 한 하늘의 부름이었다. 통곡이 그치지 않았다. 대소 신료들은 말할 것도 없었고 상궁과 내관들도 목놓아 통곡했다.

공비恭妃는 본관이 청송靑松이고 영의정 심온沈溫의 딸이다. 1408년(태종 8) 충녕군과 가례를 올려 빈이 되고, 경숙옹주에 봉해졌다. 1417년 삼한국대부인에 개봉되고, 이듬해 4월 충녕대군이 왕세자에 책봉되자 경빈에 봉해졌으며, 같은 해 9월에 내선을 받아 즉위하니 12월에 왕후로 봉하여 공비라 일컬었다. 그러나 1432년(세종 14)에 중궁에게 미칭을 올리는 것은 옛날에도 없었던 일이라 하여 1432년에 왕비로 개봉되었다. 심온은 세종이 즉위한 뒤 영의정에 올라 사은사로 명나라에서 귀환하던 중 아우 심정沈泟이 군국대사를 상왕(태종)이 처리한다고 불평한 일로 대역의 옥사가 일어나 그 수괴로 지목되어 수원으로 폄출되어 사사되었다.

이 일로 폐비의 논의가 있었으나, 내조의 공이 인정되어 일축되었지만, 이는 공비의 가슴에 큰 상처로 남게 되었다. 참을성이 많고 성품이 온화하여 대소신료들과 백성들의 추앙을 받은 분이었다.

세종의 가슴에도 한이 남았다. 자신이 시름없이 정사에 매달릴 수 있었던 것은 공비의 따뜻한 내조가 있었기 때문이었다. 공비의 승하도 세종에게 있어서는 환후 못지않은 가정적인 불행이었다.

중전이 승하했다는 부음이 전해지자 종친, 부마, 문무백관들이 수양대군저에 달려와 공비의 승하를 애도하였으며, 백성들은 흰옷에 머리를 풀고 경복궁 앞에 나와 눈물을 뿌렸으니, 그 수가 광화문 거리를 메웠을 정도였다.

세종은 곧 빈청도감殯廳都監을 설치하고 우참찬 정인지, 첨지 중추원사 변효문, 정척을 그 제조로 삼았다. 이어 다음날 국장도감國葬都監과 산릉도감山陵都監을 설치하고 국장도 제조에 영의정 황희를, 산릉도 제조에는 우의정 하연을 제수하여 국상을 주도하게 했다.

한편 의정부에서는 예조의 정문呈文에 따라 대행왕비大行王妃인 공비의 시호를 소헌昭憲이라 정하였으니, 성문聖聞이 주달周達한 것이 소昭이고, 선善을 행하여 기록한 것이 헌憲 이다. 또 장례는 오월장五月葬으로 정했다. 예문禮文에 의하면 천자가 붕崩하면 구월장九月葬이요, 왕이 홍薨하면 오월장五月葬, 대부가 서逝하면 삼월장三月葬이기 때문이었

다. 다섯 달 후 경기도 여주에 예장하고 능호를 영릉英陵이
라 했다.

38년간을 함께 살아온 왕후 공비를 먼저 떠나보낸 세
종은 마음이 허전하고 외로워서 견딜 길이 없었다. 앉으나
누우나 공비의 현숙한 얼굴이 눈앞에 아른거려 도무지 심
기를 바로 할 수가 없었다. 비록 세상을 떠났지만, 소헌왕
후를 위해 뭔가 남기고 싶은 생각이 간절했다.
'중전 …… 중전의 명복을 빌기 위해 내가 무엇을 했으면
좋겠소?'
세종은 허공을 바라보며 넋 나간 사람처럼 혼자 중얼거
렸다. 그때 세종의 뇌리에 한 가지 예지가 번뜩 스쳐 갔다.
'그렇지. 중전은 언제나 석보[54]에 대해서 얘기하기를 즐겼
지. 그렇다! 석보상절을 만들어 왕후의 명복을 빌어주자.'
이렇게 결심한 세종은 곧 둘째 왕자 수양대군을 불렀다.

"수양은 들으라. 승하한 너의 모후는 자애로움이 하늘
에 닿아 계셨느니라. 평소 모후께서 부처님의 생애를 자주

---

54 釋譜 부처의 사적

말씀하셨다는 것은 너도 잘 알고 있을 것이다. 해서 네가 모후의 명복을 빌기 위해 석보를 만들어야겠다."

"아바마마! 석보라 하오시면 부처님의 생애를 이름이 아니옵니까?"

수양대군은 눈을 크게 뜨며 되물었다.

"그렇지. 높고 높은 석가모니의 그지없고 가없는 공덕을 어찌 다 말할 수 있겠느냐마는, 네 정성이 갸륵하다면 이루어질 수 있을 것이니라."

"분부 거행하겠사옵니다."

수양대군은 세종이 자신에게 그러한 일을 맡긴 것이 기뻤던지 흔쾌히 대답했다. 세종은 계속해서 말을 잇는다.

"부처의 본체는 하나이지만 그 뜻은 만백성의 어두운 마음을 교화시키는 것이다. 그것은 마치 달은 하나지만 천 강에 비쳐 출렁이는 것과 같다고 할 수 있을 것이니라."

"어마마마께서도 늘 말씀하셨습니다. 부처의 뜻이야말로 월인천강月印千江이라고 말씀이옵니다."

"그래, 하지만 한 가지 일러둘 것이 있다."

"하교해 주시오소서."

"석보상절을 만들되 반드시 새 문자인 정음으로 번역해야 한다. 부처의 공적을 정음으로 번역한다면 한문을 모르는 백성들도 그 책을 읽을 수 있지 않겠느냐?"

"하지만 정음을 아직 백성들에게 반포하지 않으셨지 않사옵니까?"

"그 점은 걱정하지 말아라. 내 미구에 훈민정음을 중외에 반포할 것이야."

"알겠사옵니다."

수양대군은 자신 있게 대답을 하고 세종의 앞을 물러나왔지만, 막상 석보상절을 쓰려고 보니 어디서부터 손을 대야 할지 막막했다. 우선 석보를 적은 서적이 필요했다.

수양대군은 불도에 몸담고 있는 둘째 큰아버지 효령대군을 찾아갔다.

"그것은 나보다 신미대사가 더 잘 알 것이야."

신미대사信眉大師는 속명이 김수성金守省으로, 본관은 영동永同이고 아버지는 옥구진 병사였던 김훈金訓이며, 동생은 유생이면서도 숭불을 주장했던 김수온이다.

속리사(현재의 법주사)에 출가하여 세종 말년에 왕을 도와 불사를 중흥시켰다. 세종은 말년에 2 왕자와 왕후를 3년 사이에 잃게 되자 심경의 변화를 일으켜 신불하였을 때 신미와 김수온은 세종을 도와 내원당을 궁 안에 짓고 법요를 주관하는 등 불교를 일으키기에 노력하였다. 또한, 세종을 도와 복천사福泉寺를 중수하고 그곳에 아미타 삼존불을 봉안하였다.

문종은 선왕의 뜻을 이어 그를 선교도총섭에 임명하였다. 세조 때는 왕사와 같은 역할을 하였다. 세조는 왕위에 오르기 전부터 그를 경애하였고, 왕위에 오르자 불교의 중흥을 주관하게 하였다. 1458년(세조 4)에 나라에서 해인사에 있던 대장경 50부를 간행하고자 했을 때 이를 감독하였고, 1461년 6월에 왕명으로 간경도감을 설치하여 훈민정음을 널리 유통시키기 위해 불전을 번역, 간행했을 때도 이를 주관하였다.

신미대사는 훈민정음이 창제되던 무렵 효령대군과 자주 친교를 가지며 대궐 안까지 출입하던 고승이었다. 공비의 환후가 깊어졌을 때도 신미대사가 주도해서 불사를 열기까지 했었다.

"신미대사를 어디 가면 뵈올 수 있을까요?"

"요즈음은 나도 통 볼 수가 없구나. 아마 신미대사의 아우인 김수온金守溫이 알고 있을 것이다."

"김수온이라면 승문원부사직으로 있는 사람이 아니옵니까?"

"그렇지."

"그 사람이라면 저도 잘 알고 있사옵니다."

수양대군은 효령대군의 집을 나와 김수온의 집을 찾았다. 김수온은 뜻하지 않은 수양대군의 방문을 받자 적이 놀라워했다.

"나리께서 이렇게 누추한 곳에 어찌 왕림하셨습니까?"

"허허허 …… 부탁할 일이 있어서 결례를 무릅쓰고 이렇게 찾아왔소이다."

"부탁이라니요? 저 같은 게 뭐 도움이 될 수가 있을지 모르겠사옵니다."

"다름이 아니라 내가 이번에 석보상절을 만들기로 했습니다. 그런데 석보를 알아야지요. 그래서 석보에 관한 서적이 있으면 빌릴까 해서 신미대사를 찾고 있습니다."

수양대군의 말에 김수온은 빙그레 웃었다.

"그거라면 제 가형까지 찾으실 필요가 없겠지요."

"찾을 필요가 없다니요?"

수양대군이 놀란 표정을 지어 보이자, 김수온은 일어나서 책 세 권을 꺼내 수양대군의 앞으로 밀어놓는다.

"이것이면 나리께서 석보상절을 쓰시는 데 충분할 것이옵니다."

수양대군은 김수온이 내준 책을 받아들었다. 중국 양나라의 승려 우가 쓴 《석가보》라는 책과 당나라의 승려 도선이 지은 《석가씨보》, 그리고 바로 김수온이 쓴 《석가보》였다.

수양대군은 놀랐다.

"아니, 이것은 부사직이 쓴 책이 아니오이까?"

"부끄럽습니다. 중국 사람이 쓴 것에 조금 더 보탠 것뿐 어찌 제가 썼다고 할 수 있겠습니까?"

수양대군은 우선 석보를 구했다는 마음에 크게 안도하며 책을 펼쳐보았다. 대강 훑어보니 역시 김수온이 쓴 《석가보》가 가장 충실한 내용을 담고 있었다. 이 정도면 따로 쓸 필요 없이 내용만 요약하여 정음으로 번역해도 될 것 같았다. 수양대군은 날아갈 듯이 기뻤다.

"부사직, 이 책을 요약하면 가장 훌륭할 듯 싶습니다. 혹 내가 모르는 것이 있다면 도움을 청해도 되겠습니까?"

"무슨 말씀을 그리하십니까? 의당히 도와드려야지요."

"고맙소이다."

그날부터 수양대군은 김수온의 도움을 받아가며 《석가보》의 내용을 요약, 정음으로 번역하기 시작하였다.

그로부터 일 년 후인 세종 29년에 이 작업은 완성을 보게 되는데, 이 책이 곧 저 유명한 《석보상절釋譜詳節》이다.
후일 세종은 석가의 공적을 친히 노래로 만들어 그 이름
을 《월인천강지곡》이라 했으니, 그 뜻을 〈부처가 백억세계
에 화신하여 교화하시니 달빛이 강물에 비침과 같다.〉라
고 정의했다. 이는 또 먼저 세상을 떠나간 소헌왕후에 대
한 세종의 애틋한 사랑이기도 했다.

十四.
훈민정음을 반포하다

창덕궁에 아무리 많은 사람이 있어도 빈집이나 다를 바가 없었다. 중전이 떠나가고 없었기 때문이었다. 세종은 원손 홍위[55]의 손을 잡고 자주 궐내를 거닐었다. 어느새 절기는 가을로 접어들어 있었다.

궁궐 내 여기저기 노랗게 물든 은행나무 잎이며 울긋불긋 고운 자태를 뽐내는 단풍잎들이 이들의 발길을 물들

---

55 弘暐 조선 제6대 왕이자 문종의 아들로 훗날 단종이 된다. 1452년 문종이 재위 2년 만에 죽자 12세의 어린 나이에 왕위에 올랐는데, 병약했던 문종은 자신이 죽기 전 황보인, 김종서 등에게 세자의 보필을 부탁했다. 짧은 재위 기간에도 〈고려사〉를 비롯한 다수의 서책을 반포했다. 그러나 1453년 숙부 수양대군이 군국의 모든 권리를 장악하자 단종은 단지 이름뿐인 왕이 되었다. 1455년 한명회 등의 강요에 더는 견디지 못하여 수양대군에게 왕위를 물려주고 상왕이 되었다. 1457년 노산군으로 강봉되어 영월로 유배되었다.

이고 있었다.

"홍위는 승하하신 할머니가 보고 싶질 않느냐?"

"뵙고 싶사옵니다."

"얼마만치나 ……"

"하늘만큼이나요."

"오 그래, 허허허! 홍위가 아주 효손이야 ……"

세종은 홍위를 번쩍 안아 들고 거닌다. 세종에게 있어서 홍위는 모든 것이 아닐 수가 없었다.

세종은 때로 홍위와 함께 집현전으로 들곤 했다. 신숙주, 성삼문, 박팽년 등의 젊은 학사들은 세종만치나 홍위를 소중히 했다. 장차 이 나라의 보위를 이어갈 왕손이기도 했지만, 세종의 간곡한 당부가 자주 있었기 때문이기도 했다.

"너희들은 세손을 대하기를 나와 같이 해야 할 것이니라."

"명심하여 받들겠사옵니다. 전하!"

"홍위는 학사들의 맹세를 잊어서는 아니 될 것이니라."

"예, 할바마마!"

"그래야지. 홍위는 어느 학사가 제일 좋으냐?"

"……"

원손 홍위는 초롱초롱한 눈빛으로 학사들의 면면을 살

펴 가다가 앵두 같은 입을 열어 대답한다.

"범옹, 근보, 인수 …… 다들 좋습니다."

원손 홍위는 집현전 학사들의 자와 호를 욀 만치 총명했다.

그때마다 세종은 시름을 잊으며 파안대소했다.

"허허허, 학사들이 훈민정음의 해례를 마치면, 그땐 너를 위해 충절을 다짐할 것이니라."

얼마 후, 정인지가 들어와 기쁜 소식을 전했다.

"전하, 훈민정음의 해례를 마쳤사옵니다."

"오 그래, 이런 광영이 있나. 어디 ……"

세종 28(1446)년 음력 9월 28일.

지난 3년 동안 노심초사해 온 일대 위업의 완성이었다. 세종은 이 일에 관여하였던 모든 집현전 학사들을 불러 그들의 노고를 치하했다.

"그대들의 노고를 어찌 치하해야 할지 모르겠구나. 이제야 과인의 모든 소망이 이루어졌음이니라. 그대들의 이름은 만세에 빛날 것이고 ……"

"전하, 성은이 망극하옵니다."

"이제야 훈민정음을 중외에 반포할 수 있게 되었음이야. 나의 기쁨도 그대들에 못지않을 터인저, 허허허 ……"

"하례드리옵니다, 전하."

"고맙다. 근보는 지필묵을 대령하여라."

"예, 전하"

성삼문은 지필묵이 놓여진 연상을 세종의 앞에 옮겨 놓는다.

세종은 붓을 들며 말했다.

"훈민정음의 서문은 과인이 쓸 것이니라."

"........."

모두 놀란 얼굴로 세종을 주시했다. 임금이 친히 전적의 서문을 쓰는 일은 드물었기 때문이다. 그러나 세종은 이미 붓을 들고 있었다. 세종은 훈민정음의 서문을 생각해 두고 있었으나 잠시 눈을 감고 생각을 가다듬어 가고 있었다.

집현전의 창문으로는 저녁 햇살이 비스듬히 비껴들며 서광처럼 방안을 밝게 해주었다. 학사들은 숨을 죽였다. 이윽고 세종은 펼쳐진 종이 위에 붓을 놀리기 시작했다.

國之語音 異乎中國 與文字不相流通 故愚民有所欲言
而終不得伸其情者多矣 予爲此憫然 新制二十八字 欲使人
人易習 便於日用耳

나라말이 중국과 달라 문자와 서로 통하지 아니하므로, 우매한 백성들이 말하고 싶은 것이 있어도 마침내 제 뜻을 잘 표현하지 못하는 사람이 많다. 내 이를 딱하게 여기어 새로 스물 여덟자를 만들었으니, 사람으로 하여금 밝게 익히어 날마다 쓰는 데 편하게 할 뿐이다.

　　세종이 쓰기를 마치고 붓을 거두자 지켜보고 있던 학사들의 입에서는 일제히 탄성이 새어 나왔다. 짧고 간결하면서도 세종의 뜻이 완벽하게 담긴 명문이었다.

　　"전하, 참으로 놀랍고 아름다운 어의시옵니다."
　　정인지가 진심에서 우러나온 찬사를 올렸다.
　　"허허허, 학역재의 칭송을 들으니 나쁘지 않구면."
　　"전하, 망극하옵니다."
　　"내가 정음의 서문을 썼으니 해례의 서문은 학역재가 쓰도록 하라."
　　"예, 전하!"
　　이리하여 정인지가 해례의 서문을 쓰게 된다.

　　천지자연의 소리가 있으면 반드시 천지자연의 글이 있

게 되니, 옛날 사람이 소리로 인하여 글자를 만들어 만물의 정을 통하여서, 삼재의 도리를 기재하여 뒤 세상에서 변경할 수 없게 한 까닭이다. 그러나, 사방의 풍토가 구별되매 성기도 또한 따라 다르게 된다. 대개 외국의 말은 그 소리는 있어도 그 글자는 없으므로, 중국의 글자를 빌려서 그 일용에 통하게 하니, 이것이 둥근 장부가 네모진 구멍에 들어가 서로 어긋남과 같은데, 어찌 능히 통하여 막힘이 없겠는가. 요는 모두 각기 처지에 따라 편안하게 해야만 되고, 억지로 같게 할 수는 없는 것이다. 우리 동방의 예악 문물이 중국에 견주되었으나 다만 방언과 이어만이 같지 않으므로, 글을 배우는 사람은 그 지취의 이해하기 어려움을 근심하고, 옥사를 다스리는 사람은 그 곡절의 통하기 어려움을 괴로워하였다. 옛날에 신라의 설총[56]이 처음으로 이두를 만들어 관청과 민간에서 지금까지 이를 행하고 있지마는, 그러나 모두 글자를 빌려서 쓰기 때문에 혹은 간삽하고 혹은 질색하여, 다만 비루하여 근거

---

56 薛聰 자는 총지(聰智). 아버지는 원효, 어머니는 요석공주이다. 육두품 출신인 듯하며, 관직은 한림에 이르렀다. 경주설씨의 시조로 알려져 있다. 나면서부터 재주가 많고 경사에 박통했으며, 우리말로 구경 읽고 후생을 가르쳐 유학의 종주가 되었다. 그리하여 신라 10현의 한 사람이며, 또 강수·최치원과 더불어 신라 3문장의 한 사람으로 꼽혔다.

가 없을 뿐만 아니라 언어의 사이에서도 그 만분의 일도 통할 수가 없었다.

계해년[57] 겨울에 우리 전하께서 정음 28자를 처음으로 만들어 예의를 간략하게 들어 보이고 명칭을 《훈민정음》 이라 하였다. 물건의 형상을 본떠서 글자는 고전을 모방하고, 소리로 인하여 음은 칠조[58]에 합하여 삼극[59]의 뜻과 이기의 정묘함이 구비 포괄되지 않은 것이 없어서, 28자로 써 전환하여 다함이 없이 간략하면서도 요령이 있고 자세하면서도 통달하게 되었다. 그런 까닭으로 지혜로운 자는 이른 아침이 되기 전에 이해하고, 어리석은 자도 열흘이면 배울 수 있다. 이로써 글을 해석하면 그 뜻을 알 수가 있으며, 이로써 송사를 청단 하면 그 실정을 알아낼 수가 있게 된다. 자운은 청탁을 능히 분별할 수가 있고, 악가는 율려가 능히 화합할 수가 있으므로 사용하여 구비하지 않은 적이 없으며 어디를 가더라도 통하지 않는 곳이 없어서, 비록 바람 소리와 학의 울음이든지, 닭 울음소리나 개 짖는

---

57 癸亥年 세종 25년(1443)
58 七調 칠음(七音). 곧 궁(宮)·상(商)·각(角)·치(緻)·우(羽)·변치(變緻)·변궁(變宮)의 일곱 음계(音階).
59 三極 천(天)·지(地)·인(人).

소리까지도 모두 표현해 쓸 수가 있게 되었다. 마침내 상세히 해석을 가하여 여러 사람을 깨우치게 하라고 명하시니, 이에 신이 집현전 응교 최항, 부교리 박팽년과 신숙주, 수찬 성삼문, 돈녕부 주부 강희안, 행 집현전 부수찬 이개·이선로 등과 더불어 삼가 모든 해석과 범례를 지어 그 경개를 서술하여, 이를 본 사람으로 하여금 스승이 없어도 스스로 깨닫게 하였다. 그러나 그 연원의 정밀한 뜻의 오묘한 것은 신 등이 능히 발휘할 수 있는 바가 아니다. 삼가 생각하옵건대, 우리 전하께서는 하늘에서 낳으신 성인으로서 제도와 시설이 백 대의 제왕보다 뛰어나시어, 정음의 제작은 전대의 것을 본받은 바도 없이 자연히 이루어졌으니, 그 지극한 이치가 있지 않은 곳이 없으므로 한 사람의 사적인 업적이 아니라고 하겠는가? 대체로 동방에 나라가 있은 지가 오래되지 않은 것이 아니나, 만물의 뜻을 깨달아 모든 일을 이루는 큰 지혜는 대개 오늘날에 기다리고 있을 것인져.

有天地自然之聲 則必有天地自然之文 所以古人因聲制字 以通萬物之情 以載三才之道 而後世不能易也 然四方風土區 別 聲氣亦隨而異焉 蓋外國之語 有其聲而無其字 假中國之

字 以通其用 是猶柄鑿之鉏鋙也 豈能達而無礙乎 要皆各隨
所處而安 不可强之使同也 吾東方禮樂文物 侔擬華夏 但方
言俚語 不與之同 學書者患其旨趣之難曉 治獄者病其曲折之
難通 昔新羅 薛聰始作吏讀 官府民間 至今行之 然皆假字而
用 或澁或窒 非但鄙陋無稽而已 至於言語之間 則不能達其
萬一焉 癸亥冬 我殿下創制正音二十八字 略揭例義以示之 名
曰訓民正音 象形而字倣古篆 因聲而音叶七調 三極之義 二氣
之妙 莫不該括 以二十八字而轉換無窮 簡而要 精而通 故智
者不崇朝而會 愚者可浹旬而學 以是解書 可以知其義 以是
聽訟 可以得其情 字韻則清濁之能卞 樂歌則律呂之克諧 無所
用而不備無所往而不達 雖風聲鶴唳雞鳴狗吠 皆可得而書矣
遂命詳加解釋 以喩諸人 於是 臣與集賢殿應敎崔恒 副校理
朴彭年 申叔舟 修撰成三問 敦寧注簿姜希顔 行集賢殿副修
撰李塏 李善老等謹作諸解及例 以叙其梗槩 庶使觀者不師而
自悟 若其淵源精義之妙則非臣等之所能發揮也 恭惟我殿下
天縱之聖 制度施爲 超越百王 正音之作 無所祖述 而成於自
然 豈以其至理之無所不在而非人爲之私也 夫東方有國 不爲
不久 而開物成務之大智 蓋有待於今日也歟

과연 정인지다운 명문이었다. 세종은 대단히 흡족했다.

그날 오후에 세종은 문무백관들을 모이게 한 후 훈민정음을 나랏글로 쓴다는 것을 반포했다. 마침내 우리나라에도 우리말을 그대로 옮겨 쓸 수 있는 우리 글자가 탄생한 것이다.

세종의 훈민정음 반포가 끝나자 백관들은 천천세를 합창하고, 대신, 종친, 부마, 대군들은 세종 앞에 나와서 하례를 올렸다.

훈민정음을 반포하긴 하였으나, 세종에겐 한 가지 근심되는 일이 있었다. 백성들이야 익히기 쉬운 정음을 기꺼이 사용하겠지만, 사대모화 사상에 젖어 있는 사대부들이나 선비들은 정음을 사용할 것 같지 않았기 때문이다.

세종은 며칠간을 궁리한 끝에 한 가지 묘안을 착상해 냈다.

모든 공문서를 정음으로 적어서 품달할 것과 새로이 관리를 뽑을 때도 정음으로 글과 시를 짓게 하자는 것이었다.

그래 12월, 세종은 세자와 의논한 후 의정부와 육조에 다음과 같은 전지를 내렸다.

"과인이 정음을 창제한 것은 어리석은 백성들이라도 자기의 생각을 글로 적을 수 있게 함이었다. 그러나 글자만 만들고 사용하지 않으면 아무 소용이 없을 것이니, 금후부터는 조정의 모든 공문서를 정음으로 작성할 것이며, 이 과와 이전의 취재 때에도 정음을 시험하여, 비록 깊은 뜻은 통하지 못하더라도 능히 합자하는 사람을 등용토록 하라!"

"분부 거행하겠사옵니다."

이조판서는 세종의 명에 따라 언문 과거령을 반포했다.

세종의 노력은 여기서 그치지 않았다. 다음 해인 세종 29년에는 우리나라 최초의 정음 서사시 《용비어천가》를 자세히 해석한 《용비어천가주해》를 간행하여 각 관리에게 나누어주었고, 9월에는 신숙주와 성삼문을 독려하여 《동국정운》 6권을 완성시켰다. 이 《동국정운》의 완성으로 그동안 지방과 사람에 따라 다르게 발음되던 한자음이 하나로 통일되었고, 방언의 차이까지도 해소하게 하였으니 이를 어찌 위업이라 아니하리!

세종은 그가 바라고 있었던 모든 소원을 성취한 셈이었다. 그것은 세종 혼자만의 소원이라기보다는 이 나라 종사의 소망이기도 했다. 그는 참으로 오랜만에 한유한 시간을 보낼 수가 있었다.

부록

훈민정음자모음의 이름

| 최세진과 〈훈몽자회〉 |

세종이 훈민정음 창제를 거쳐 반포한 1446년 세종 28
년 9월로부터 81년이 흐른 1527(중종 22)년 역관 출신인
최세진이 《훈몽자회》[60]를 완성한다.

최세진崔世珍의 본관은 괴산, 자는 공서公瑞로, 사역원정
司譯院正 최발崔潑의 아들이다. 1468년(세조 14)에 태어나
1542년(중종 37년) 2월 24일(음력 2월 10일)에 사망했는
데, 연산군 때 문과에 급제하였으며 능통한 중국어와 이
문 실력 때문에 중국에서 사신이 올 때마다 통역을 담당
하여 왕의 신임을 받았다. 그가 중인 출신이라 때로는 당
시 양반들의 비난을 받았으나 그때마다 중종과 좌의정 남
곤의 변호로 고비를 넘겼다. 최종 관직은 동지중추부사 겸

---

60 訓蒙字會 조선 시대의 역관인 최세진이 1527년에 쓴 한자 학습서이다. 한자
   3,360자에 뜻과 음을 훈민정음으로 단 것이 내용이다. 이 책에서 처음으로 훈민정
   음 낱자에 기역, 니은 등의 이름을 붙였다.

오위장에 이르렀다. 최세진은 40여 년에 걸쳐 17종의 저술을 남겼는데, 1524년(중종 19년) 군자감정으로 있으면서 《친영의주》와 《책빈의주》 등을 언문으로 풀이하였다. 또한, 1527년에는 《훈몽자회》를 완성하였는데, 이것은 정음의 자음·모음의 이름을 정하고, 순서와 받침 등을 정리한 최초의 저술로 국어학 발달에 큰 업적을 이룩하였다.

훈민정음 반포로부터 81년 뒤에 나온 책이다. 《훈몽자회》에 나와 있는 훈민정음 자음과 모음의 이름은 최세진이 독단적으로 어느 날 갑자기 만든 것이 아니라, 훈민정음 창제 이래 죽 내려온 그러한 명칭을 밑바탕으로 하여 자기의 생각을 약간 덧붙인 것이다. 효과적인 한자 학습서를 만드는 데 아무도 모르는 이름을 터무니없이 마구 갖다 붙일 수는 없는 것이기 때문이었다.

최세진이 쓴 《훈몽자회》의 상권 첫머리에는 '훈몽자회인訓蒙字會引'과 '범례'가 실려 있는데, '범례'의 끝에 '언문자모諺文字母'라 하여, 그 당시의 언문 체계와 용법에 대한 간단한 설명이 붙어 있다. 그 내용은 크게 세 가지로 간추릴 수 있다.

① '속 소위 반절 27자俗所謂反切二十七字'라는 주가 보여주
듯이, 이 '언문자모'는 훈민정음의 28자 중에서 'ㆆ'이 빠
진 체계를 보여준다.
② 이 27자를 초성종성통용팔자初聲終聲通用八字, 초성독
용팔자初聲獨用八字, 중성독용십일자中聲獨用十一字로 나누
었다.
③ 각 글자 밑에 기역其役, 니은尼隱, 디귿池○末, 리을梨乙,
미음眉音, 비읍非邑, 시옷時○衣, 이응異凝", "키○箕, 티治, 피
皮, 지之, 치齒, 싀而, 이伊, 히屎", "아阿, 야也, 어於, 여余, 오
吾, 요要, 우牛, 유由, 으應 不用終聲, 이伊 只用中聲, 思 不用初聲"
과 같은 표기가 있다.

   최세진이 한자로 붙인 이름을 보면 하나의 규칙성이 있
다. 즉 초종성 통용팔자로 'ㄱ(기역其役)·ㄴ(니은尼隱)·ㄷ(디
귿池末)·ㄹ(리을梨乙)·ㅁ(미음眉音)·ㅂ(비읍非邑)·ㅅ(시옷時衣)·
ㅇ(이응異凝)'을 들었고, 초성독용팔자初聲獨用八字로는 'ㅋ
(키箕)·ㅌ(티治)·ㅍ(피皮)·ㅈ(지之)·ㅊ(치齒)·ㅿ(싀而)·ㅇ(이伊)·ㅎ
(히屎)'로 규정하였다.
   그리고 'ㄴ(니은尼隱), ㄹ(리을梨乙), ㅁ(미음眉音), ㅂ(비읍

非邑), ㅇ(이응異凝)'과 같이 초성의 소리는 'ㅣ' 앞에 나타내고, 종성의 소리는 'ㅡ' 아래에 나타내었다. 그런데 ㄱ(기역其役), ㄷ(디귿池末), ㅅ(시옷時衣)은 이 규칙에 어긋난다. 규칙대로라면 ㄱ은 '기역'이 아니라 '기윽'으로, ㄷ은 '디귿'이 아니라 '디읃'으로, ㅅ은 '시옷'이 아니라 '시읏'으로 적어야 옳다. 그런데 이들 글자 이름을 '기역其役, 디귿池末, 시옷時衣'으로 적어 놓은 이유는 '윽, 읃, 읏'을 적을 수 있는 한자가 없었기 때문에 부득이 음과 훈을 차용하여 그와 비슷한 글자를 적을 수밖에 없었다. 그래서 '윽'을 '역役' 자로 음을 차용하고, '읃'을 '귿末' 자의 음을 차용하고, '읏'은 '衣(옷 의)' 자에서 훈(뜻)을 취해서 적을 수밖에 없었다.

이것은 우리 문자사의 중요한 기록이다. 이 '언문자모' 때문에 최세진은 훈민정음 자모의 이름을 지은 작명부作名父로 간주되기도 하였지만, 여덟 글자만 받침으로 쓸 수 있다는 규정을 만든 장본인으로 비난을 받기도 하였다. 그러나 이 '언문자모'는 그 당시에 널리 행하여진 관습을 최세진이 적어놓은 데 지나지 않는다.

| 자모음의 이름과 순서 |

 우리가 지금 사용하고 있는 훈민정음 자음 17자와 모음 11자의 순서는 어떻게 정해졌을까?

 지금 우리가 쓰고 있는 자음의 순서 곧 'ㄱ ㄴ ㄷ ㄹ ㅁ ㅂ ㅅ ㅇ ㅈ ㅊ ㅋ ㅌ ㅍ ㅎ'은 얼핏 보아도 《훈몽자회》의 배열 순서를 따르고 있음을 알 수 있다. 훈몽자회에 제시된 초성과 중성에 통용되는 8자를 앞에 배치하고, 초성에만 쓰이는 8자 중 없어진 반치음(ㅿ)과 빈 소리를 적는 ㆁ을 뺀 나머지 글자를 뒤이어 배치하고 있는 것이다. 다만 초성에만 쓰이는 'ㅋ ㅌ ㅍ ㅈ ㅊ ㅎ'을 그대로 뒤에 가져오지 않고 'ㅈ ㅊ'을 'ㄱ ㄴ ㄷ ㄹ ㅂ ㅅ ㆁ' 뒤에 갖다 놓은 점이 다르다.

 그러면 모음의 순서는 어떻게 해서 순서를 정했을까? 훈민정음의 모음은 하늘(·) 땅(ㅡ) 사람(ㅣ) 이란 삼재를 근본 원리로 하여 만들고, 이들을 결합하여 여타 모음이 만들어졌다. 그래서 창제 당시의 모음 배열은 기본자 '· ㅡ

ㅣ', 초출자 'ㅗ ㅏ ㅜ ㅓ', 재출자 'ㅛ ㅑ ㅠ ㅕ' 순으로 배열하였다.

그런데 최세진은 이를 'ㅏ ㅑ ㅓ ㅕ ㅗ ㅛ ㅜ ㅠ ㅡ ㅣ ·'로 배열하였다. 오늘날 우리가 사용하고 있는 모음의 차례는 바로 여기에서 비롯된 것이다. 기본자와 초출자인 'ㅏ ㅓ ㅗ ㅜ ㅡ ㅣ'를 근간으로 하여, 가획자인 'ㅑ ㅕ ㅛ ㅠ'를 차례대로 배치한 것이다.

이러한 모음의 배치방식에는 언어학적 원리가 숨어 있음을 알 수 있다. 바로 현대 언어학에서 말하는 개구도開口度와 혀의 위치를 고려하여 순서를 정한 것이다. 개구도란 입이 벌어지는 정도를 말한다. 혀의 위치는 발음할 때 입 안에서의 혀의 높낮이와 앞뒤에 의한 구분을 말한다.

즉 입이 가장 많이 벌려지는 것은 'ㅏ'이고 가장 적게 벌려지는 것은 'ㅣ, ㅡ, ㅜ'이다. 곧 'ㅏ'의 개구도가 가장 크고, 'ㅣ, ㅡ, ㅜ'의 개구도가 가장 작다. 그리고 혀끝이 가장 많이 앞으로 나오는 소리는 'ㅣ'이고 중간쯤에는 'ㅡ, ㅏ' 그리고 가장 뒤쪽에 위치하는 소리는 'ㅜ'라는 것을 기준으로 삼았다.

이에 따라, 개구도가 큰 순서대로 나열하면 'ㅏ ㅓ ㅗ ㅜ' 순이 되며, 'ㅡ, ㅣ'는 'ㅜ'와 개구도가 같다. 이를 다시 개구도에 따라 종합·배열하면 'ㅏ, ㅓ, ㅗ, ㅜ, ㅡ, ㅣ'로 배열된다. 최세진이 기본을 삼은 'ㅏ ㅓ ㅗ ㅜ ㅡ ㅣ'는 바로 이러한 언어학적 원리 즉 개구도와 혀의 위치를 기준으로 하여 배열하였음을 알 수 있다. 여기에다 복모음 'ㅑ ㅕ ㅛ ㅠ'를 끼워 넣어 완성한 것이다.

최세진은 모음의 차례를 이와 같은 현대 언어학에 의거하여 벌여 놓은 것이다. 이만큼 훈민정음은 하나하나 과학성을 바탕으로 한 글자다.

여기서 우리는 중요한 사실 한 가지를 밝혀낼 수가 있다. 그것은 최세진이 훈몽자회에서 붙인 '기역其役'과 같은 이름은 훈민정음을 만들었던 세종 당시에는 절대 사용하지 않았다는 사실이다. 왜냐하면, 앞에서 말한 바와 같이 'ㄱ' 자리에 '기역+'은 결코 대입될 수 없기 때문이다. 앞에는 종성(받침)이 없는 양성이나 중성모음이 와야 당시의 어법 규칙에 맞기 때문이다. 위에서 말했듯이, 훈민정음 언해의 'ㄱ 어금닛소리니 군君자 처음 피어나는 소리니라'에 적용해 보면, ㄱ의 이름은 모음조화에 바탕을 두어 '가, 고, 기, ' 중의 어느 하나가 되어야 한다.

그러면 이 중에서 'ㄱ'의 이름은 어느 것이 될까? '기'가

될 것이다. 왜냐하면, 초성에만 쓰이는 여덟 자인 'ㅋ ㅌ
ㅍ ㅈ ㅊ ㅿ ㅇ ㅎ'의 명칭이 '키箕 티治 피皮 지之 치齒 싀而
이伊 히屎'와 같이 'ㅣ'를 붙인 이름으로 되어있음을 보아 알
수가 있다. 이를 보면 원래 자음의 이름은 모두 '키箕'와 같
이 한 글자로 된 것인데, 뒷날 최세진이 초성과 종성에 함
께 쓰이는 글자는 그 쓰임을 명확히 하기 위하여 '기역其役'
과 같이 두 글자로 붙인 것이다. 덧붙여 말하면, 'ㄱ ㄴ ㄷ
ㄹ ㅁ ㅂ ㅅ ㆁ' 등의 이름도 원래는 '기 니 디 리 미 비 시 '
였다.

　그러나 초성과 중성에 함께 쓸 수 있는 글자는 초성에서
는 '기'의 첫소리 'ㄱ' 소리를 나타내고, 종성에서는 '역'의
끝소리 'ㄱ'을 소릿값으로 나타내고자 한 것이다. 초성과
종성에 쓰이는 8자는 모두 이처럼 두 음절로 그 소릿값을
나타낸 것이다. 이러한 최세진의 조치는 세종 당시의 '기,
니, 디, 리…… 등으로 나타내는 단음절의 이름보다 한층
더 발전된 것이라 할 수 있다. 〈끝〉

박 재 성
朴 在 成
(호 : 鯨山, 滿波, 夏川)

약력

· 명예효학박사(성산효대학원대학교)
· 교육학(한문전공) 박사(국민대학교 대학원)
· 고려대학교 대학원 최고경영자과정 수료
· 전) 중국산동대학교 객원 교수
· 전) 서울한영대학교 교육평가원 원장
· 한국고미술협회 감정위원
· 훈민정음 신문 발행인
· 사단법인 훈민정음기념사업회 이사장 겸 회장
· 훈민정음 탑 건립 조직위원회 상임조직위원장
· 훈민정음 대학원 대학교 설립추진위원회 상임추진위원장
· 훈민정음 주식회사 대표이사
· 서울경기신문 / 새용산신문 / 4차산업행정뉴스 /
  경남연합신문 논설위원

수상 실적

· 국전 서예부문 특선 1회, 입선 2회(86~88)
· 무등미술대전 서예부문 4회 입특선(85~89) /
  전각부문 입특선(87~88)
· 한양미술대전 서예부문 대상(1987)
· 아세아문예 시 부문 신인상 수상(2015)
· 고려대학교 총장 공로패(2016)
· 대한민국문화예술명인대전 한시
  명인대상 2회 연속 수상(2016, 2017)
· 서욱 국방부장관 감사장(2021)
· 제8군단장 강창구 중장 감사장과 감사패(2021)
· 제15보병사단 사단장 김경중 소장 감사장(2022)
· 육군사관학교 교장 강창구 중장 감사패(2022)
· 육군참모총장 남영신 대장 감사장(2022)
· 육군참모총장 박정환 대장 감사장(2022)
· 지상작전사령부 사령관 전동진 대장 감사장(2022)
· 공군사관학교 교장 박하식 중장 감사장(2022)
· 제55보병사단 사단장 김진익 소장 감사장(2023)
· 한국을 빛낸 자랑스러운 한국인 대상(2023)
· 제5군단 군단장 김성민 중장 감사장(2023)
· 드론작전사령부 사령관 이보형 소장
  감사장과 감사패(2023)
· 육군참모총장 박안수 대장 감사장(2024)
· 동원전력사령부 사령관 전성대 소장 감사패(2024)

작품 활동

· 성경 서예 개인전 2회 (금호 미술관. 1986, 1988)
· CBS-TV방송 서예초대전(1984)
· 임진각「평화의종 건립기념」비문 찬(1999)
· 원폭 피해자 평화회관 건립 도서화전 초대 출품
  (서울, 동경 1990)
· 강원도 설악산 백담사「춘성대선사」비문 서(2009)
· 국방일보 〈한자로 쉽게 풀이한 군사용어〉
  연재 중(2020~현재)
· 제8군단사령부 구호 휘호(2022)
· 드론작전사령부 창설부대명 휘호(2023)
· 육군훈련소 부대 구호 휘호(2024)
· 동원전력사령부 구호 휘호(2024)

저서

· 서예인을 위한 한문정복요결(1989 국제문화사)
· 한자활용보감(2000 학일출판사)
· 한자지도 완결판(2004 이지한자)
· 성경이 만든 한자(2008 드림북스)
· 간체자 사전 2235(2011 도서출판 하일)
· 성경으로 배우는 재미있는 하오하오한자(순종편)
  (2011 도서출판 에듀코어)
· 매일성경한자 – 집에서 받아보는 성경한자 학습지
  (2011 도서출판 하일)
· 성경보감(2011 도서출판 나)
· 한자에 숨어 있는 성경 이야기(2011 도서출판 나)
· 신비한 성경 속 한자의 비밀(2013 가나북스)
· 크리스천이 꼭 알아야 할 맛있는 성경 상식
  (2013 가나북스)
· 재있는 성경 속 사자성어(구약편)(2013 가나북스)
· 재있는 성경 속 사자성어(신약편)(2013 가나북스)
· 노래만 부르면 저절로 외워지는 창조한자
  (2014 현보문화)
· 인성보감(2016 한국교육삼락회)
· 세종어제 훈민정음 총록(2020 문자교육)
· 우리말로 찾는 정음자전(2021 훈민정음 주)
· 훈민정음 해설사 자격시험 예상문제집
  (2021 훈민정음 주)
· 특허받은 훈민정음 달력(2023 훈민정음 주)
· 소설로 만나는 세종실록 속 훈민정음
  (2024 가나북스)
· 훈민정음 언해본 경필쓰기(2024 가나북스)
· 훈민정음 해례본 경필쓰기(2024 가나북스)
· 훈민정음 경필 쓰기 검정(4급)(2024 가나북스)
· 훈민정음 경필 쓰기 검정(5급)(2024 가나북스)
· 훈민정음 경필 쓰기 검정(6·7·8급)(2024 가나북스)